O veludo das lagartas verdes

O veludo das lagartas verdes

João Batista Melo

FARIA E SILVA

Rio de Janeiro, 2024

O veludo das lagartas verdes

Faria e Silva é uma empresa do Grupo Editorial Alta Books (STARLIN ALTA EDITORA E CONSULTORIA LTDA).

ISBN: 978-65-6025-184-7

Impresso no Brasil — 1ª Edição, 2024 — Edição revisada conforme o Acordo Ortográfico da Língua Portuguesa de 2009.

Dados Internacionais de Catalogação na Publicação (CIP)

(BENITEZ Catalogação Ass. Editorial, MS, Brasil)

M485v
1.ed. Melo, João Batista
O veludo das lagartas verdes / João Batista Melo. - 1.ed. - Rio de Janeiro : Faria e Silva, 2024.
128 p.; 13,5 x 20,5 cm.

ISBN 978-65-6025-184-7

1. Romance brasileiro. I. Título.

06-2024/153 CDD 869.3

Índice para catálogo sistemático:

1. Romances : Literatura brasileira B869.3

Aline Graziele Benitez - Bibliotecária - CRB-1/3129

Faria e Silva é uma Editora do Grupo Editorial Alta Books

Produção Editorial: Grupo Editorial Alta Books
Diretor Editorial: Anderson Vieira
Editor da Obra: Rodrigo Faria e Silva
Vendas Governamentais: Cristiane Mutüs
Gerência Comercial: Claudio Lima

Produtora Editorial: Milena Soares
Revisão: Alessandro Thomé; Ederli Fortunato
Projeto Gráfico e Diagramação: Diego Santos
Capa: Karma Brandão

ALTA BOOKS
GRUPO EDITORIAL

Rua Viúva Cláudio, 291 — Bairro Industrial do Jacaré
CEP: 20.970-031 — Rio de Janeiro (RJ)
Tels.: (21) 3278-8069 / 3278-8419
www.altabooks.com.br — altabooks@altabooks.com.br
Ouvidoria: ouvidoria@altabooks.com.br

Editora **afiliada à:**

ASSOCIADO

Para Alcino Leite Neto, Ivan Claudio, Branca Maria de Paula, Cunha de Leiradella e Sergio Fantini, que me ajudaram a cuidar deste borboletário.

Para Aline e Maria do Carmo, pelas cores que trazem aos meus dias.

E também para a música de David Shire, John Barry e Sergio Saraceni, o pólen que revestiu todas estas páginas.

*Mas olhei-te bem nos olhos,
belos como o veludo das
lagartas verdes.*

Guimarães Rosa,
"Gargalhada"

*Embebida em lama, brilhando
em verde e dourado e preto,
havia uma borboleta, muito
bela, e muito morta.*

Ray Bradbury,
"Um som de trovão"

CLASSIS I. PAPILIONUM NOCTURNORUM.

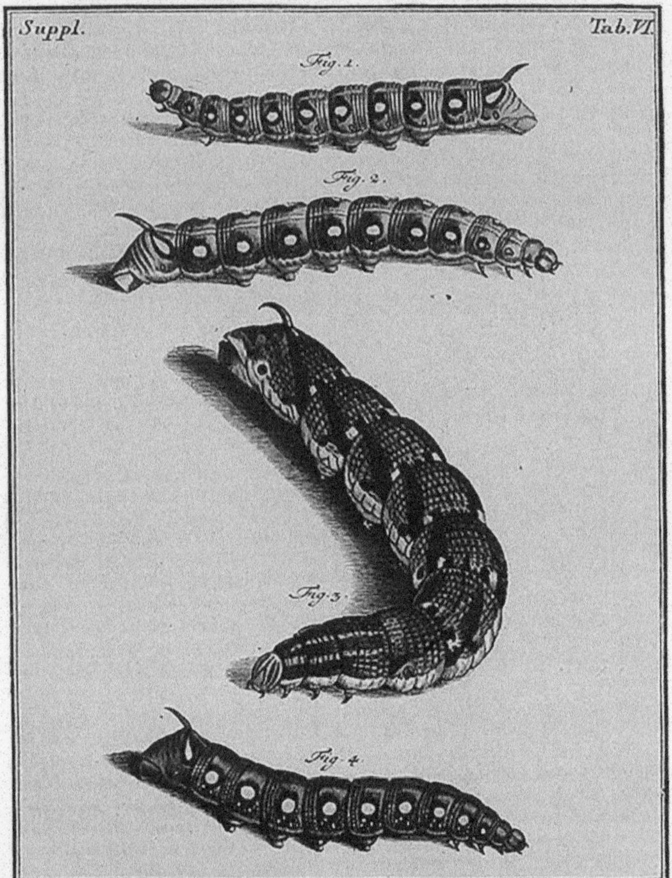

A. J. Rösel fecit et exc.

I

Taturana

Lá o imenso azul desenha
ainda as mensagens de
esperança nos homens
pacificados —
os doces mineiros que
teimam em existir no caos e
no tráfico.

Carlos Drummond de Andrade,
"Triste horizonte"

1

Ele vinha de um mundo onde as coisas permaneciam. Seus pais nasceram na roça no entorno de Curva do Alto, e, pela insistência da mãe, uma turrona que não queria ver o filho analfabeto, ele cursara escola e acabara conquistando um bom emprego, depois de pastorear rebanhos de gado e recolher os frutos vermelhos nas colheitas de café. Seus amigos de infância, quase todos, se instalaram na mesma cidade, um na prefeitura, outro na farmácia, os demais nas fazendas das redondezas. Pássaros que não se afastavam do ninho, avessos à migração. Mas, nos últimos tempos, os jovens, muitos deles, acabavam indo para outros lugares, assim como Estevão seguira para Belo Horizonte, atraído por colegas que o antecederam e por meio de cartas e telefonemas contaram-lhe acerca do paraíso. Um paraíso de concreto, com empregos e dinheiro, carros e televisores coloridos. E empregos diferentes dos que se repetiam em Curva do Alto. Novos empregos. Novo dinheiro. Novo futuro.

E agora Antonio o procurava pelas ruas de Belo Horizonte. Não porque ele quisesse ou precisasse ser procurado. Mas porque partira para o novo. Um novo do qual o pai fora alijado. Depois de semanas vasculhando inutilmente a cidade em busca de algum vestígio de seu filho Estevão, finalmente havia uma possibilidade, embora ele próprio ainda não entendesse para onde seguiam. Ele atravessava a cidade na companhia de Francisco, o adolescente, filho da dona da pensão onde se hospedara, a mesma em que Estevão também morara ao se mudar para a capital e da qual desaparecera sem deixar vestígios. Ao menos foi isso que todos lhe disseram desde sua chegada. Até aquela noite, quando Francisco de repente o chamara para irem procurar seu filho, embora se recusasse a explicar algo mais do que essa informação simples, mas capaz de significar tudo para um pai aflito: vamos ver o Estevão!

Chegaram ao centro da cidade, os carros espalhando um zumbido constante, banda que não se acertava sobre o tom, os músicos tocando diferentes melodias, sem melodias, somente a mixórdia de ritmos e harmonias dissonantes. Antonio se confundia com os semáforos e o garoto lhe puxava pelo braço. "Vamos, pode passar. Espera, o carro te pega." Às vezes, Antonio parava enfeitiçado por algo que lhe cruzava a visão. Um mendigo estendendo num canto a perna em chagas. A sirene da radiopatrulha tingindo de vermelho a lataria dos carros em volta. Os outdoors. Os prédios e os infinitos quadradinhos das janelas iluminadas. Quando alguma delas se acendia, Antonio a olhava e demorava alguns segundos concentrado na nova visão. O garoto o repreendia.

— A gente tem horário. Você quer ou não quer ver o Estevão? — E Antonio retomava o passo e seguia adiante.

Chegaram num ponto de ônibus repleto de gente. Todos esperavam. Impressionava-lhe como naquela cidade as pessoas costumavam esperar. Nos bancos, nas lanchonetes, nos postos de saúde, nos pontos de ônibus. Muitos se impacientavam, mas continuavam resignados no mesmo lugar. Na capital, ele concluiu, a espera significava a desistência da vigília. Talvez fosse uma forma de sucumbir. O preço da bonança e do progresso. Enquanto aguardava o ônibus, viu o letreiro na parede do cinema. A enorme garrafa de refrigerante, tecida com fios de luz, derramava o líquido luminoso, enchia o copo de pontos avermelhados até que a luz quase trasbordava, e enfim a marca Coca-Cola coloria a frente do prédio. Cine Teatro Brasil. Ele guardou o nome do cinema e do refrigerante, ia colecionando referências para se movimentar sozinho, não sabia até quando o garoto teria paciência de pajem.

O ônibus chegou e Francisco chamou Antonio para dentro. O trajeto foi longo, tempo bastante para as nuvens encobrirem a lua. Afastaram-se muito do Centro, percorreram ruas quietas em bairros residenciais. Da janela, Antonio viu crianças brincando em frente aos portões, homens nas mesas dos bares. Passaram por uma fábrica, as chaminés vertendo fumaça, a noite ainda mais enegrecida. Ao fundo, um motel, as janelas enfileiradas, carros estacionados ao lado de cada uma, detrás das paredes, segredos que os olhos de Antonio não conseguiam decifrar. As construções tornaram-se raras, o ônibus seguiu através de uma rodovia e, num desvio, entrou em novo bairro, enfim chegando ao ponto final.

Garoava quando eles desceram, mas nenhum dos dois alterou o passo pela rua vazia. Deixaram para trás as casas e percorreram o caminho de terra até chegarem num terreno vasto e descampado. Dali se via a ondulação das serras, raios desenhando traços no céu enegrecido. Antonio parou no meio do lote, enfim se perguntando aonde o garoto o levava. Não havia sinal de casas até onde se podia enxergar. A estrada não prometia futuro, devia embrenhar-se mato adentro para alguma fazenda. Mas onde estava o Estevão prometido? Se em algum sítio nas proximidades, melhor seria se pegassem um táxi no bairro de onde acabavam de sair. Nenhum sentido em caminhar assim no meio da noite e por lugares ermos. Olhou Francisco, buscando refazer a confiança que nele depositara ao chegar. "Será o menino capaz de um malfazejo, levando-me para que alguém me roube ou coisa pior?"

"Não", tranquilizou-se, "o garoto é bom", disso tinha certeza. Mas ainda carecia de explicação estarem sob a chuva num lote baldio. Sentiu o braço puxado para o lado. Francisco queria que ele se agachasse e o seguisse por trás de um amontoado de arvoredos. Antonio não se moveu, primeiro queria explicações, por que foram até ali e por que agora aquilo de se abaixar. Ele não era mais um jovem, não custava lembrar. Curvar o corpo era um gesto possível, pois a força ainda corria entre seus músculos, mas algo não de todo agradável.

Um novo som se somou aos trovões: o zumbido de um motor. Algum carro chegava pela estrada. Antonio se voltou para vê-lo, mas caiu no chão, arrastado pelas mãos do garoto. O chapéu rolou na grama. Francisco tapou-lhe a boca para conter o grito que já rascunhava, enquanto o puxava para trás das árvores e, com a outra mão, apanhava o chapéu. Antonio aumentou a sua apreensão, o garoto pretendia assaltar-lhe ou matar-lhe e temia que os ocupantes do carro o salvassem. Tentou se libertar, mas o adolescente o mantinha preso com firmeza.

O automóvel se aproximou, antecedido pelo cone dos faróis que varreram os galhos das árvores e clarearam seus corpos por rápido instante. As luzes mudaram de direção quando o carro, um Passat cinza com amassados no para-choque, deixou a estrada e entrou pelo terreno, imobilizando-se a algumas dezenas de metros de Antonio e Francisco, quietos e deitados na grama.

— Fica quieto, merda — sussurrou o garoto no ouvido de Antonio —, senão a gente tá fodido.

O relâmpago rasgou o céu e a chuva escorreu pelo talho. Pingos grossos feito moedas martelaram o carro, agora com os faróis apagados, filtraram-se nas folhas para cair sobre o rapaz e Antonio, ainda colados como os corpos de dois amantes. De vez em quando, o mais velho lutava, as pernas ensaiando coices, os braços forçando o rapaz para trás em busca de liberdade. Mas Francisco armava garrotes, engendrava forças maiores que seus 15 anos de idade.

O clarão do novo relâmpago não se extinguiu depois do trovão. Prolongou-se nos faróis de mais um carro pela estrada. Freios rangeram na direção das árvores ao fazerem uma curva fechada, e o Corcel rodou pelo capinzal até perto do primeiro veículo. Ao seu lado, vinha uma motocicleta, o condutor encolhido dentro da jaqueta de couro preto. Os carros pararam de frente um para o outro, luzes apagadas, touros quietos se mirando com chifres armados.

Antonio parou de arremeter os braços contra o garoto, pois o imobilizava um temor maior do que o insinuado pelo adolescente. Tentava agora enxergar a noite, penetrar o negrume e ver os carros em pose de duelo. Assustou-se quando um deles acendeu de súbito o farol e o outro piscou em resposta. Mais uma vez, desligaram as luzes e restou a escuridão. Francisco nada disse e relaxou a pressão sobre Antonio, deixando livres seus braços e pernas. Porém sussurrou, mais baixo que o estalo das gotas de chuva.

— Quieto. Por favor, quieto.

Levado pelo instinto, Antonio obedeceu. Apoiou-se no cotovelo para espreitar entre as ramagens mais baixas do arvoredo. Queria chegar para o lado a cortina da chuva, mas ela se espessava, alternando opacidade e transparência. Não reprimiu o sobressalto diante do farol que piscou mais uma vez. Uma segunda. Uma terceira. O outro carro respondeu também por três vezes. Três. O galo cantará três vezes, pensou Antonio, sem saber de onde extraía naquele instante uma reflexão bíblica. Mesmo imobilizado pelo suspense, ele divagava. Todo instante é propício à ficção.

Virou o rosto para o garoto em busca de explicações, mas este somente ergueu o indicador de encontro à própria boca, pedindo-lhe de novo que ficasse em silêncio.

O raio explodiu em algum lugar próximo e a chuva decresceu, deixando atrás de si a limalha de uma garoa. Os dois automóveis acenderam os faróis. Uma porta se abriu e um rapaz desceu carregando uma pasta. Do outro carro, saiu outro homem, caminhou até o primeiro e o cumprimentou. Entregou-lhe algo que a distância não permitiu discernir, recebeu a pasta em suas mãos e voltou para o carro que deixara aberto. Antes de entrar, olhou em volta como se examinasse as redondezas. Nesse momento, a luz dos faróis bateu direto em sua face, e Antonio viu claramente o rosto de seu filho Estevão. Ele começou a levantar-se para sair de trás dos arbustos, mas Francisco o puxou para baixo outra vez.

O barulho de folhas amassadas atravessou o burburinho da chuva, chegou aos homens nos carros. Aquele que recebera a pasta caminhou em torno do automóvel, uma das mãos tirou do bolso um revólver, a vírgula do gatilho presa no indicador, o cano mirando a direção das árvores. As demais portas se abriram para dar passagem a mais homens armados. Um deles empunhava uma lanterna, o facho amarelando as touceiras de capim, desfazendo as sombras em busca da origem dos ruídos. Os ocupantes do segundo carro deram passos na direção oposta, procurando algo suspeito, mas logo voltaram e ficaram imóveis junto da porta, acompanhando à distância o grupo que se aproximava dos arbustos.

Estevão, ainda segurando a pasta, chegou a poucos metros da massa de arvoredos, a lanterna nas mãos do colega varrendo as redondezas. A moto descreveu círculos em torno do diminuto bosque, um ciclope de olhar luminoso vasculhando as árvores. Mas a maioria delas, embora baixas, criava um intransponível arquipélago de folhas. Por um segundo, o homem se concentrou nas sombras do tronco mais largo, a sensação de que algo se mexera, o revólver buscando alvos, mas a chuva se encorpou novamente, trouxe consigo porções de vento, e todas as árvores tremeram, confundindo sua atenção.

Lá atrás, o Corcel manobrou para jogar a luz dos faróis contra as plantas. Mas exceto os riscos da chuva, nada se conseguia ver na noite densa. Com as roupas encharcadas, os homens caminharam, irritados, de volta aos seus carros. Os que já esperavam dentro do veículo rodaram devagar rumo à saída do imenso baldio. Os outros quatro também retornaram, trancaram as portas para isolar o frio, ligaram o motor e, então, os pneus amassaram o barro pelo mesmo caminho por onde tinham chegado. O homem da pasta colocou o rosto pela janela e arriscou um último olhar para os arvoredos, mas enxergou apenas as sombras das folhas e o vento que as tangia. A motocicleta veio por último, o ronco emendando trovões. Quando todos fizeram a curva e entraram de novo no caminho que seguia para o bairro, Antonio soltou-se das mãos do adolescente, levantou-se e andou até a margem da estrada. Dali acompanhou as luzes dos automóveis, quatro retângulos vermelhos, avançarem dois a dois rumo ao clarão da cidade.

Francisco se levantou e chegou mais perto de Antonio, pronto para caminharem lentos sob a chuva, retornando para as ruas do bairro. Imbecis por estarem debaixo do toró, pensava, embora a culpa fosse dele mesmo, que inventara de levar o outro até aquele lugar. Pelo menos estavam pertinho do bairro, as casas, o ponto de ônibus, coisa de dez minutos de caminhada devagar, apesar da chuva que os molharia ainda mais antes de chegarem ao destino. No entanto, mesmo abatido pelo aguaceiro, seu rosto transparecia calma, estava certo de que sobrevivera. O perigo, que ele mesmo provocara, já partira com os carros e com a motocicleta.

2

Quando tudo começara? Há quantas semanas ele se arrastava pela cidade como um pássaro perdido, uma borboleta sem plantas ao redor, ou talvez como um invasor? Era estranha a sensação de que tão pouco tempo podia se transformar em anos ou séculos, as lembranças esticadas como reflexos num espelho que alguém deformara, a mente incapaz de discernir se o ontem veio antes ou depois do amanhã. Mas nesses fragmentos emplastados da memória havia uma estação ferroviária, um homem à espera, uma pequena mala e um filho cujo destino era desconhecido.

A cidade se apagara em meio aos rangidos do trem. Nas janelas do vagão, arrastando para trás campos e plantações, Antonio vira sumir na ilusão do horizonte o alpendre de sua casa, cimentado e coberto de cera vermelha, as árvores que circundavam a frágil construção, o portãozinho de lenhas trançadas, a cerca de arame não farpado. E as janelas que guardavam o quarto escuro, de paredes caiadas, onde havia muitos anos ele decifrava sua viuvez, entretido com a leitura de antigos jornais. A casa também era antiga. A cidade. Antonio.

O próprio trem era uma espécie de lembrança em movimento. Antonio embarcara na estação perdida no trajeto de um dos últimos trens que cortavam Minas Gerais. Pelo resto do estado, espalhavam-se trilhos ocultos entre as malhas de mato e arbusto, rastros de um animal extinto, encontrando-se às vezes com os prédios de estações fantasmas. Trens eram algo moribundo. Um hábito que se perdera no tempo. Antonio também se sentia um vestígio de épocas remotas. Sua cidade era assim. Um povoado raquítico, entranhado nos confins do interior, proliferando homens e mulheres enrugados, que empoeiravam no abandono, carentes de fluxos, de correntes, de juventude. Nem mesmo as galhas das antenas de televisão ousavam quebrar a inércia do povoado, que não via o resto do planeta, apenas o escutava em bojudos rádios de válvula, pilotados pelos mais abastados, como o dono da farmácia ou o prefeito.

Durante décadas, Antonio trabalhara para manter um dos únicos elos daquela comunidade com o mundo lá fora, à exceção do trem, dos automóveis velhos e enferrujados e dos cavalos que chegavam e partiam dentro das nuvens de pó. No início, seus dias de trabalho na agência dos correios foram cheios de vida, assim como a própria cidade, fervente de comércios e viajantes, de grupos que vinham do campo em busca de gêneros e novidades. Nessa época, sua esposa dirigia um bazar apinhado de coisas tão diversas quanto cobertores de lã e pilhas elétricas. Seu filho se dividia no auxílio aos dois, quando não estava na escola que se pendurava no caminho do morro.

Mas tudo isso se diluíra no tempo. A vida se convertera em recordações, que se esvaneceram prisioneiras dos ponteiros dos relógios e das folhas dos calendários. A mulher morrera havia muito tempo. Restara o filho perdido na capital. A última notícia que tivera de Estevão fora uma carta de três anos, quatro meses e duas semanas atrás. Desde então, Antonio contabilizara os dias, aguardando a aposentadoria para trancar as portas da casa, embarcar no trem ou num ônibus e rumar para Belo Horizonte à procura do filho.

Se alguém lhe perguntasse por que não viera antes, aproveitando algum mês de férias ou um final de semana, Antonio não saberia responder. No fundo, resguardava-se do medo de não reencontrar Estevão. Adiara ao máximo a viagem, temendo não ser capaz de recuperar o passado, trazer de novo ao seu lado a criança que brincara de rolimã ou o adolescente que lhe ajudara nos afazeres de casa e do trabalho.

No assento ao lado, um rapaz fumava um cigarro atrás do outro, enchendo o ar com tanta fumaça que aquele poderia ser um trem a vapor. Antonio girava na mão o chapéu antiquado, extraído das fotografias dos anos 1950.

— Não conheço Belo Horizonte.

— Hum, hum...

No restante da viagem, ávido por distrair a tensão, tentou várias vezes iniciar conversa com o rapaz, mas este insistia nos murmúrios vagos, interessado apenas na brasa do cigarro brilhando entre os próprios dedos.

— Nunca fui lá. Não tive jeito. Nem fiz questão.

— Hum, hum...

Antonio retirou a carta de Estevão do bolso e a releu incontáveis vezes, até que o entardecer escureceu as janelas e, pouco depois, a avalanche de luzes desfilou nas casas e nos postes. O brilho colorido das luzes de néon chegou muito mais tarde, informando a Antonio que ele invadira os limites de Belo Horizonte.

— É aqui?

— Hum, hum...

Perdido na estação, acabou fisgado pelo motorista de táxi que interceptava todos os passageiros. No carro, perturbado pelos jeitos bruscos do chofer, viu-se entrando num labirinto de prédios. O motorista agarrava-se ao volante como se este fosse soltar-se da barra de direção. No painel, o rádio emanava a voz metálica de uma mulher:

— Chamada perto do Cemitério do Bonfim! Alguém responde? Bonfim?

O motorista apertou um botão e respondeu que seguia para a Lagoinha e poderia pegar a corrida na volta. Antes mesmo de desligar o rádio, xingou um carro que o ultrapassava. Antonio se encolheu no banco de trás, abraçado à maleta de couro, onde guardava as poucas roupas que trouxera consigo. Acuado, sentira vontade de voltar atrás. Mas não haveria trens, exceto na semana seguinte. Embora pudesse ir à rodoviária e pegar um ônibus que passava numa cidade vizinha e dali embarcar no caminhão de leite que fazia o roteiro até Curva do Alto.

O táxi o largou diante da pensão, a bagagem na calçada à espera de que se decidisse a erguê-la e a atravessar a porta do sobrado. Antes, olhou em volta, tentando descobrir alguma familiaridade com seu mundo de origem. Carecia com urgência de encontrar portos naquele novo ambiente. Assim, aos poucos, seus olhos foram se acostumando com o lugar, a rua um pouco íngreme, as casas com paredes ruídas, tintas apagadas, rasgos nos tijolos à mostra. Existia, talvez, alguma semelhança com Curva do Alto, ele concluiu.

Ali perto, recostava-se no guidão da moto um adolescente, magro e risonho, boné azul espetado nos cabelos com caracóis, conversando com o motoqueiro. Ele não interrompeu a conversa, mas seu olhar acompanhou Antonio, que, ao entrar na sala, sentiu uma onda de água suja ir de encontro aos seus pés e, logo depois, um novo jato subir e molhar a bainha de sua calça. A mulher, de rosto duro, cabelos encobertos por um lenço, apoiou-se no cabo do rodo e pediu desculpas:

— De noite é a única hora que dá tempo de limpar essa tralha. Mas também o senhor entrou sem avisar.

— Eu estou procurando o meu filho.

— Quem é seu filho? Um hóspede?

— Estevão dos Santos. A última carta que ele mandou pra mim tinha o endereço daqui.

— Estevão. Você lembra quem é? — ela perguntou para o adolescente, que se afastara do motoqueiro e viera atrás de Antonio. — Esse aí é o Francisco, meu filho. Eu sou a Madalena.

O garoto ergueu as mãos vazias, olhando em torno como se falassem de um personagem impossível. Sorriu constrangido e torceu os lábios.

— Lembro não.

A dona da casa fez um gesto de cansaço e voltou a recolher, na borracha do rodo, as porções de água ensaboada.

— Que seja. O senhor é o pai do Estevão. Ele nunca falou que tinha um pai.

Ela então contou sobre o rapaz que partira dali havia três anos sem deixar nenhuma notícia acerca do seu paradeiro. Antonio apoiou a bagagem no chão molhado.

— A senhora não teve mais notícia dele?

A mulher esperou um instante antes de falar, como se vasculhasse a memória em busca da informação, ou como se apenas decidisse a resposta mais adequada. Empurrou a água com o rodo, sem olhar de novo para Antonio:

— Nunca mais.

Na janela da sala, uma borboleta chocou-se com o vidro fechado. Suas asas coloridas de vermelho, azul e carmim se fecharam e abriram aflitas e, depois, ela planou novamente em direção às flores na árvore alta do outro lado da rua.

3

Antonio atravessou a noite diante da janela do quarto. No céu, um pouco acima dos edifícios, ilha de retangulares e densas sombras, havia uma lua de círculo perfeito. Ele se lembrava dos cães uivando em Curva do Alto, os vultos nas ruas vazias, projetando espectros nas paredes de tijolo sem reboco. Ele sempre se intrigara com o fascínio desesperado com que os animais se lamentavam diante do círculo amarelado. Mas, agora, sentia que, de uma forma inconsciente, compartilhava com os cachorros o desamparo, a busca de alguma coisa que preenchesse o vazio.

Simpatizara com o filho da dona da pensão quando este o deixara no quarto, apontara a bilha de água vazia e dissera que, se ele tivesse sede, poderia encher a vasilha na pia do banheiro. Antes, informara-lhe que a porta do quarto não trancava, mas que não se preocupasse, ninguém entraria pela frente do sobrado sem também acordá-lo no quarto junto à entrada. Depois, acrescentara num tom que podia ser de ironia:

— Mas a janela do seu quarto não fecha direito, e pelo muro do vizinho dá pra subir no peitoril. Se ouvir algum barulho, pode gritar socorro.

Não fora surpresa para Antonio a ausência de Estevão no endereço da carta. Com sessenta e tantos anos, acumulara experiências suficientes para conhecer os meandros da vida. Entretanto, era um irredutível sonhador. Na sua rotina pacata em Curva do Alto, alimentava pequenas utopias, supondo-se num mundo harmônico, de onde as intempéries se desviavam, incógnitas, esvaziadas de propósito.

Lá longe, a noite apagou devagar as luzes nas janelas dos edifícios. Porém, algumas teimavam acesas, quadradinhos amarelos rabiscando uma tela escura. Antonio se perguntava em qual daqueles orifícios de luz poderia estar Estevão. Ou, quem sabe, ele nem mais se encontrasse em Belo Horizonte ou em Minas Gerais. Pensativo, terminou a noite sem dormir. De manhã, levantou-se, mas não saiu do quarto. Esperou sentado numa cadeira, defronte à janela, que os sons de passos começassem no andar térreo da pensão. Ele se sentiria inibido se descesse as escadas com o *hall* vazio e depois caminhasse pelo corredor até o salão de refeições para se descobrir o primeiro a levantar no sobrado. Pareceria que estava violando os hábitos de um anfitrião. Era assim que se comportava ao dormir na casa de amigos e parentes em cidades próximas à Curva do Alto.

Quando ouviu passos nos degraus, deduziu que mais alguém já estava de pé. Apanhou a blusa de lã, porque o inverno legava traços de frio ao clima ameno de Belo Horizonte, e foi para o andar de baixo. Encontrou o garoto, Francisco, que entrava na cozinha para preparar o café. Desejou-lhe bom dia, recebendo em resposta um aceno de cabeça, e se assentou no sofá rasgado da recepção. Percorreu com os olhos a mesa alta que, num canto, fazia as vezes de um balcão, simulando o que poderia ter sido um pequeno hotel. Atrás dela, num painel de madeira, penduravam-se argolas com as chaves dos quartos vagos. Ao lado, uma folhinha do ano anterior — 1978 — mostrava o retrato da Torre Eiffel. No chão, vasos imensos, trincados no bojo e no gargalo, expeliam tufos de folhagens verdes.

Antonio ouviu o rapaz andando na cozinha, lavando pratos, mexendo em panelas. Pouco depois, a dona da pensão desceu as escadas, concluindo o laço no lenço em volta dos cabelos. Cumprimentou Antonio e desapareceu pela porta da cozinha.

Antonio esperou o desjejum. Mas não tinha fome. Sua mente, que apenas às vezes se concentrava na decoração decrépita da pensão ou no aroma quase palpável do café se espalhando pelos cômodos, voltou-se para o planejamento do que faria a partir daquele instante. Visitar hospitais. Procurar a polícia. Colocar anúncios em jornais.

Em Curva do Alto, ele costumava abrir os jornais da capital e contemplar, na página de desaparecidos, aqueles rostos que tinham se convertido em meras fotografias. Faces consumidas pelo tamanho imenso das grandes cidades, diluídas no torvelinho de seres humanos que se mexiam num confuso tear. Ele se perguntava para onde teriam ido aqueles homens e mulheres e por quais razões se afastaram do curso rotineiro da vida de cada um deles, apagados do trabalho e da família, ausentes dos círculos dos amigos, se é que tinham amigos. Mas Antonio não lhes imaginava fugitivos para o anonimato de uma nova vida ou apartados da existência por um ladrão, um tarado, um desafeto. Ele simplesmente os imaginava consumidos pela metrópole. E, assim, temia perder-se também entre os cacos mutantes daquele caleidoscópio irrequieto, girando e girando ante seus olhos impotentes. Mais que tudo, receava descobrir Estevão apagado pelas mãos invisíveis da cidade.

Porém, suas divagações matinais não duraram muito. A porta da rua foi empurrada com violência e um homem alto e robusto entrou pela sala, levando nos ombros o corpo combalido de um idoso e o largando na poltrona que fazia par com aquela onde Antonio se assentava.

Da cozinha, irromperam Francisco e sua mãe. Mãos no rosto, indecifrável se em pânico ou desalento, a mulher segurou, afetuosa, o braço do ancião.

— Seu Barnabé, não é possível que o senhor machucou de novo. — E voltando-se para o homem alto: — Que aconteceu?

Ele respondeu que não sabia. Voltava de sua caminhada diária, quando encontrara Barnabé caído na esquina, quase sem sentidos.

Francisco sentou-se no braço da poltrona.

— Faz uns meses que ele chegou igual está agora — segredou a Antonio. — Tinham roubado ele. Levaram até o dinheiro de pagar o mês da pensão. Mamãe perdoou ele aquele mês.

— Outro assalto, seu Barnabé? — perguntou a dona da pensão. — Vai ficando difícil. Antes a gente podia andar tranquila pelas ruas, mas agora nunca sabe quando essas coisas vão acontecer.

Fraco para responder, o homem confirmou com a cabeça.

Francisco comentou em voz baixa antes de voltar para a cozinha: — Acho que mamãe vai perdoar de novo.

— Mas que diabos o senhor fazia na rua de madrugada, seu Barnabé? — prosseguiu a mulher.

O homem machucado não respondeu e, apoiando-se no outro homem e em Madalena, foi conduzido escada acima até seu quarto. Antes de subirem, o homem alto parou ao lado de Antonio e estendeu-lhe a mão:

— Aurélio. Prazer.

— De vez em quando ele dorme com a minha mãe — comentou Francisco, mais tarde, quando chegou à porta e disse que o café estava pronto e que Antonio podia entrar na sala de refeições.

O salão era um cômodo não muito grande onde se distribuíam meia dúzia de mesas. Lascadas no lado, mostrando a aquarela indelével de incontáveis xícaras, copos e garrafas, as mesas tinham os defeitos mal disfarçados por toalhas de renda rasgadas e encardidas.

Antonio se assentou enquanto o jovem colocava à sua frente o pão umedecido no molho de tomate e um punhado de margarina. Ele perguntou, então, se o garoto não aceitaria acompanhá-lo para que procurassem Estevão. Embora não tivesse consigo muito dinheiro, poderia pagar-lhe com algum trocado. O rapaz deu de ombros:

— Se der tempo de fazer meu serviço aqui.

Antonio sorriu satisfeito. De alguma forma, recuperava o domínio dos acontecimentos.

Então as sirenes surgiram lá de fora e ocuparam o cômodo, antecipando a explosão que, em seguida, fez tremer os vidros das janelas e os copos na cristaleira. O garoto percebeu sua apreensão.

— É as obras das pontes. Não precisa preocupar.

Antonio olhou para a porta e para as janelas. Desde a chegada na estação, a capital o envolvia com sons e imagens diferentes de tudo que conhecia, transformando em reais as ameaças impalpáveis que a imaginação construíra ao longo dos anos. Aquela era uma cidade que respirava e exalava, repleta de gases, ruídos e secreções.

O garoto lhe contou que, lá fora, homens se dedicavam ao trabalho de formigas, escavando as paredes das casas, abrindo rombos no chão. A cidade se mexia. E Antonio, por sua vez, descobria que algo novo começava. Algo que, antecipadamente, ele sonhara e temera. Então, espremido entre o ronronar dos tratores e o murmúrio constante dos carros passando na avenida, ouviu o inconfundível canto de um galo. E logo depois, outro acompanhou o primeiro. E, enfim, um terceiro, antes que se escutasse novamente apenas a voz das máquinas ceifando pedras, rompendo paredes, talhando vãos na terra e no asfalto.

4

Existem coisas que se encaminham para uma resolução independentemente de nossos anseios. Elas simplesmente seguem seu caminho, por conta própria. Antonio não se conformava com essas coisas. Ele queria interferir nos rumos do destino, sentia a obrigação de reconduzir aos trilhos os trens descarrilados, recompor as unidades rompidas.

Mais que tudo, esperava recuperar o passado, quando se prendera em Curva do Alto, em vez de tutelar, todo o tempo, os passos do filho Estevão. Por que esperara três anos? Pela crença de que o filho encontraria o caminho do retorno? Pela ilusão das cartas recebidas durante algum tempo? Pouco importava, pois Antonio também se culpava pela inércia que o prendera em Curva do Alto, alimentada pela desculpa de que ele esperava a liberdade da aposentadoria. Mas, no fundo, sabia que o detivera o temor de se defrontar com um mundo do qual se preservara exilado ao longo de toda a vida. Um mundo que talvez ele mesmo transformara com os pincéis do medo, espalhando as cores que as notícias e informações vagas trazidas pelos conterrâneos que viajavam para os labirintos da capital ou que o rádio emanava de dentro dos mágicos alto-falantes. E agora ele estava ali e, por mais estranho que parecesse, tratava-se apenas de uma cidade, povoada por pessoas, aparentemente em nada distintas daquelas com as quais sempre convivera em sua cidade natal.

Sua primeira semana em Belo Horizonte foi arrastada. Ele andou sem rumo e sem nexo à procura de notícias. Sempre acompanhado por Francisco, visitou empregos dos quais Estevão saíra demitido ou por vontade própria, e depois jornais, hospitais, necrotérios. Levava um retrato amarelado do filho, recebido numa das últimas cartas, o único legado de Estevão, que o tempo também já devia ter se encarregado de mudar.

No caminho da pensão, parou com o garoto na porta do fliperama. Ficou em pé sob o portal, enquanto o menino ia lá dentro e se perdia na floresta de ruídos eletrônicos. Antonio o via inserir pequenas moedas em frestas na lateral das máquinas e depois apertar botões enquanto olhava para as telas nas caixas de metal.

Certo dia, Antonio deu um passo para dentro daquele estabelecimento, mas nada entendeu da avalanche de luzes, desenhos se movendo em meio às explosões e ao som persistente de alarmes, como um grande despertador que soasse em meio ao descaso de todo o mundo, ninguém se interessando em apertar o botão que o calasse. Aqueles sons clamavam que alguém os desligasse, mas não havia quem se importasse. Exceto Antonio, que voltou para a calçada e olhou os transeuntes, os carros, os *outdoors*, enquanto esperava o menino se fartar do torvelinho de ruídos e luzes.

Outros rapazes entraram, jaquetas de couro, cigarros nas mãos, muitos também menores de idade. Olharam para Antonio como uma peça deslocada. Ele também se sentia assim. Na próxima vez, diria ao garoto que ia voltar sozinho para a pensão, enquanto ele se entregava ao seu estranho divertimento.

Estevão seguira para Belo Horizonte pouco mais velho que aquele rapazinho. Teria ele também se debruçado sobre as máquinas zumbidoras, colocado moedas nas fístulas de metal e ficado horas ouvindo o gemido elétrico das luzes que se moviam?

Antonio conversava, em todas as oportunidades, com os demais hóspedes sobre a convivência com Estevão. Assim, passou algumas tardes com Barnabé, que se refazia dos hematomas, e ouviu que no passado Estevão se oferecia para acompanhá-lo ao hospital quando a gota lhe derrubava e que costumavam compartilhar uma cerveja nas tardes de verão.

Um dia depois de voltar ferido da rua, Barnabé levantou-se e desceu as escadas carregando uma grande mala. Sentado no sofá da recepção, Antonio o encarou surpreso, sem esconder a lástima por perder a companhia da primeira pessoa, exceto o garoto, de quem começava a aproximar-se em Belo Horizonte.

— Não vou viajar — o tranquilizou Barnabé. — Volto à noite.

— Mas a mala...

— Volto à noite — insistiu, enigmático.

Francisco passava no momento em que Barnabé saía para a rua e comentou:

— Ele vai pra cidade todos os dias. E sempre leva a mala com ele.

— Para que sai com a mala?

Francisco ajeitou o boné, deu de ombros e foi ao encontro do amigo que chegava na motocicleta, o zíper da jaqueta fechada puxado até o alto. Nessa tarde, Antonio saiu sozinho para a peregrinação diária. Procurou notícias numa delegacia, visitou a fábrica onde Estevão trabalhara e da qual fora demitido, tempos atrás, por participar de uma greve. Na volta para a pensão, parou junto às obras do rio. Máquinas e homens lapidavam o ribeirão Arrudas, que cortava ao meio a cidade. Ampliavam-lhe as margens, davam-lhe nova conformação, capaz de conter seus arroubos na época das chuvas. O canteiro de obras se emendava mais adiante com outro que, nas proximidades da pensão, levantava o arco de viadutos, interligando ruas e avenidas, enquanto aplainava as velhas casas do bairro da Lagoinha.

Antonio imaginava aqueles tratores ceifando as ruas de Curva do Alto, moldando escombros no rastro de suas esteiras, atirando ao chão a imponência da igreja, as janelas barrocas da prefeitura, as paredes tortas das casas. Essa era uma imagem impossível. Em Curva do Alto, as construções estavam onde sempre estiveram. Sua própria casa, uma rústica habitação de tijolo aparente, erguera-se no meio de um vasto quintal, coalhado de bananeiras e jatobás, muitas décadas atrás. Surgira no século passado, construída pelas mãos de seu avô, e talvez ainda estivesse lá no século seguinte, habitada sabe-se lá por quem.

Antonio começou a percorrer a rua que dava acesso à pensão. No caminho, encontrou-se com Aurélio e soube por meio dele que a fome das máquinas as levaria até a própria pensão, cujo entorno seria volatilizado pelas caçambas e pelas implosões. Em breve, Madalena teria a casa desapropriada, e os hóspedes se dispersariam como a poeira das paredes que iam caindo uma a uma ao longo das obras.

Depois, Aurélio falou de si mesmo, de seu trabalho como vendedor de enciclopédias que o obrigava a peregrinar pelas casas, tocando campainhas, dando sorrisos postiços, vendo portas se fecharem bruscamente, tudo para oferecer livros a pessoas que não precisavam nem queriam aqueles produtos. Sem se falar nas que cerravam as portas apenas pelo fato de ele ser um negro, convictas de que era incompatível alguém da sua raça se apresentar em suas casas como vendedor de um produto cultural respeitável, incongruência que sinalizava, para eles, a intenção de algum golpe e malefício ou a baixa qualidade dos livros que vendia.

Antonio ouviu em silêncio a conversa do companheiro. Conforme iam caminhando e o centro da cidade, uma cordilheira de picos de concreto, se tornava visível à distância, sua atenção se dispersava ainda mais diante do turbilhão de janelas. Em sua imaginação, um milhão de rostos se movimentava entre as torres dos edifícios, talvez oculto detrás de um daqueles incontáveis orifícios, e um deles talvez fosse o do seu filho.

Adiante, a rua conduzia ao alto de uma pequena colina, onde o sol se escondia e derramava a luz dispersa sobre a silhueta das casas. Os dois homens largavam atrás de si duas sombras que se alongavam enquanto caminhavam, até que entraram na pensão e o sol se espalhou por todo o calçamento.

5

À medida que as semanas passavam, Antonio se deprimia. Enfim, não conversava com mais ninguém. Sem ter onde procurar, passava os dias sentado no sofá, o olhar fixo num ponto inexistente. Comia pouco e, com frequência, chorava calado, lágrimas invisíveis cintilando no canto das pálpebras.

Francisco se inquietou com seu comportamento e, por várias vezes, sentou-se ao lado puxando conversa. Contava piadas e, no final, ria sozinho. Pedia a Aurélio para jogar cartas ou damas com Antonio, que sempre agradecia a preocupação dos dois e continuava mergulhado em si mesmo.

Então chegou aquela noite em que o garoto bateu à porta de seu quarto. Em vez da postura solícita que costumava demonstrar, uma névoa de agressividade era perceptível em seus modos.

— Vem comigo — disse em tom de ordem. — Eu vou te levar pra ver o Estevão. — E, enquanto seguiam até a movimentada avenida Antonio Carlos, acrescentou: — Mas, pô, vê se faz tudo que eu mandar. Eu estou me arriscando, Seu Antonio. E o senhor também.

O vento soprava levemente, postes lançavam cones iluminados sobre as calçadas, vultos agasalhados percorriam os fachos de luz. Anúncios brilhavam cores nas fachadas dos prédios. A lua somente um enfeite, sem claridade bastante para atravessar a cúpula de lâmpadas que cobria a cidade.

Caminharam até a avenida Antonio Carlos. No trajeto, as mulheres de vestidos curtos e bolsas a tiracolo os observavam com olhos besuntados de rímel. Ao redor, os tratores, farelos de casas empilhados nos cantos, o vulto das máquinas hibernando à espera do outro dia. Era ali que lapidavam a cidade para erigir viadutos. Imensos lotes vagos, cheios de escombros.

Cruzaram a ponte sobre o ribeirão, andaimes colados às margens, grandes retângulos de pedras amontoados numa curva do leito, como as peças de uma pirâmide, enquanto, no fundo de tudo, escorria a seiva fétida do Arrudas.

— É assim a capital? — perguntou ao garoto, querendo saber se ali as coisas sempre mudavam de lugar, transformavam-se em outras, à medida que se moviam os tratores e caminhões, formigas em volta de um enorme cupim.

Enfim chegaram aos terrenos ermos onde carros e homens trocavam pastas e embrulhos, e erguiam armas, prontos para matar quem se movesse no seu entorno, como caçadores à espera de presas. Estevão era um desses homens. E Antonio precisou ser contido para não correr em sua direção, os braços abertos, gritando "meu filho", e ser rompido por um tiro que qualquer um daqueles homens dispararia sem hesitar. Mas, então, eles partiram em seus carros de volta à escuridão da qual haviam germinado tão subitamente. E Francisco suspirou aliviado, já arrependido de ter se apiedado de Antonio e se exposto a um risco tão eloquente.

Porém, de súbito, Antonio correu, louca e inexplicavelmente, perseguindo as luzes que se afastavam devagar pela estrada quase reta. Gritando palavrões, o rapaz seguiu atrás:

— Porra, em que droga de lugar o senhor vai? Eles estão longe, não está vendo?

Ofegando, acompanhou Antonio, torcendo para que ele desabasse sob a chuva, que outra vez se transformava em garoa. Mas ele não parou, mesmo pisando poças de lama, enroscando pernas e pés, ameaçando resvalar para os lados. Era um homem forte e resistente, apesar da idade e da aparência desvalida. O chão escorria sob seus passos, os músculos fraquejavam como se prestes a morrer, no entanto, ele não tropeçava nem interrompia o estúpido avanço.

A moto e os carros iam cada vez mais longe e o halo da cidade iluminada se aproximava, os primeiros postes já visíveis, o traçado dos paralelepípedos delimitando o início das ruas. Passaram pela primeira casa, ninguém à vista nas janelas, somente os relâmpagos azuis de um televisor. De trás das paredes, soavam tiros nas armas de personagens em algum filme.

Lá adiante, os carros desapareceram ao virarem numa esquina. Antonio parou e o garoto ajoelhou no calçamento, o cansaço corroendo pernas e braços. Antonio permaneceu de pé, absorvendo a desesperança que enfim o consumia.

Foi nesse momento que aconteceu o milagre.

Da rua transversal, vinha rodando outro carro. Pelo percurso, não chegaria perto de onde Antonio e o rapaz eram estátuas imóveis e ensopadas de chuva. Entretanto, Antonio ergueu o braço e gritou como um louco, enquanto tentava chamar a atenção do motorista.

O garoto se levantou, olhos fixos na plaquinha acesa no alto do carro, as letras T-A-X-I, e se perguntou o que o futuro ainda lhe reservaria naquela noite que já parecia interminável.

Antonio o puxou para dentro:

— Anda, menino, anda. A gente não pode ficar aqui a noite toda.

Tirando dos lábios um cachimbo, o chofer olhou os dois passageiros por cima dos óculos com aro de tartaruga. Ele sorria sob o vasto bigode, taturana ruiva que encobria toda a base do nariz. Tocou de leve a aba do boné xadrez num cumprimento. Batendo a porta, Antonio apontou a esquina onde, pouco antes, os automóveis e a motocicleta tinham feito a curva.

— Vai atrás daqueles carros.

Sem nada dizer, o chofer acelerou e, com o guincho da derrapagem, contornou a esquina.

— Se o senhor quer, a gente alcança eles rapidinho. – Sorrindo, pisou no acelerador, logo depois de completar: — Tem isso em todo filme policial. Eu gosto de filmes policiais.

Francisco arregalou os olhos, preocupado tanto com o motorista aparentemente insano em cujo táxi haviam entrado quanto com a situação em que ele mesmo tinha se metido ao chamar Antonio para aquele programa inconsequente. O rapaz se encolheu no banco enquanto o carro aumentava de velocidade, seguindo disparado atrás das luzes vermelhas que iam se afastando lá na frente.

A rua se estendia numa longa linha até a distante rodovia, entrevista pelos faróis em miniatura que lá trafegavam nos dois sentidos. Um dos carros sumira, mas o Passat ainda seguia um pouco atrás da moto. Não corriam, aparentemente esquecida a pressa de antes. Às vezes, a moto reduzia a velocidade e se alinhava com a janela do carro, como se os condutores estivessem conversando, até que, de repente, acelerou e desapareceu em direção à rodovia.

O chofer do táxi se curvava sobre o volante, cachimbo espetado na boca, a fumaça escapando pelo vidro aberto. Antonio não tirava os olhos dos faroletes traseiros cintilando adiante. Queria alcançar o automóvel antes de chegarem à rodovia, pois ali as duas luzinhas vermelhas se dissolveriam no rio de faróis e, ele acreditava, nunca mais poderia recuperá-las. No banco de trás, o garoto emburrava, alternando impropérios e orações. O chofer pisava no acelerador e a distância diminuía rapidamente. A rua era somente daqueles dois automóveis, os outros carros parecendo espantados pela chuva. Não os separavam mais cinco ou seis quarteirões, e sim três, dois, menos de um.

— Está procurando alguém? É algum parente seu? — perguntou o chofer, mas Antonio não respondeu, pois se esforçava para enxergar o interior do Passat. — O senhor não está seguindo sua esposa ou sua amante, ou algo assim, né? Porque se for, podem descer do carro agora.

Num cruzamento, o carro da frente reduziu a velocidade e os dois para-choques quase se tocaram. Junto à janela traseira do Passat viam-se dois homens, e, de repente, eles se voltaram para trás, na mão de um deles o revólver, o cano apontado para Antonio. O homem que estava ao seu lado, o mesmo que recebera a pasta no terreno baldio, também encarou Antonio e seus olhares se cruzaram.

O táxi brecou. Aumentou de repente a distância entre os dois carros. O motorista, dentes trêmulos apertando a ponta do cachimbo, disse tão alto quanto o som dos freios na pista molhada:

— Olha, esses caras não querem ser encontrados.

No carro da frente, o homem com a arma acertou a mira, pronto para alvejar o para-brisa do táxi, mas um braço empurrou o cano para o lado. Como entortara o corpo para mirar o táxi, o homem não conseguiu se livrar das mãos do companheiro, que agora o impedia de levantar o revólver novamente.

O garoto o viu mexer a boca furioso, enquanto a arma em sua mão, na busca de novo alvo, movia-se para o próprio colega ao lado. Este, por sua vez, socou o encosto do banco, e, ainda olhando o táxi que se distanciava, moveu os lábios em resposta.

Embora se afastassem cada vez mais do táxi parado na pista, o garoto enxergou com nitidez o rosto dos homens ainda próximos do vidro e compreendeu fragmentos da fala que explodiu, indefinida entre a cólera e a impaciência:

— A merda do meu pai.

6

A noite suava na vidraça do quarto. Filetes úmidos escorriam como escombros da chuva, que, após dias, finalmente se recolhia de volta às nuvens escuras.

As luzes do centro da cidade faiscavam nas gotas de água. O rosto de Antonio reproduzia os fios da chuva no suor de febre. Tentara levantar-se durante todo o dia, mas o calor o prendera na cama. Atravessou a noite insone, dormir era render-se, queria que a manhã carregasse os delírios. Não tinha fome, o prato que Francisco trouxera ainda esperava sobre a mesa, banquete dos mosquitos, umas bolinhas que circulavam pelo ar com asas barulhentas e partiam somente à noite, dando lugar ao rangido dos pernilongos.

O garoto entrara em silêncio, colocara o prato na mesa e partira sem responder às perguntas de Antonio. O que acontecera na noite anterior? Qual o significado daqueles carros, da arma empunhada por Estevão? Por que seu companheiro alvejaria o táxi? Perguntas que ecoavam no fundo de sua mente, indo e vindo sem se satisfazerem, uma reverberação eterna, passível de aquietar-se apenas com respostas a que não tinha acesso. Francisco nada dissera, nem mesmo quando Antonio o puxara pelo braço cobrando uma explicação. O garoto abrira a boca como se fosse falar algo, mas somente tossira, também afetado pela chuva da noite passada.

Antonio tremia em meio à febre e pensava no filho. Revia pela milésima vez um menino mover-se pela casa em Curva do Alto, um jovem pouco mais velho que Francisco, carinhoso e inteligente, certo dia seguindo para Belo Horizonte em busca de um futuro. Discutiram nos dias anteriores à partida, Antonio teimando para que ficasse, mas na hora da separação, abraçaram-se na estação do trem. Restara a imagem do aceno na janela que se afastava como uma foto soprada pelo vento.

Por que Estevão não descera daquele carro para um novo abraço? Com essas perguntas, Antonio escamoteava a questão que lhe perturbara ao longo dos últimos anos: o filho cessara a correspondência, impusera o silêncio às folhas de papel como um corte em seu relacionamento com o pai. Na visão de Antonio, isso se devera a razões alheias à vontade de Estevão. Imaginara-o morto ou doente, incapaz de enviar-lhe novas cartas por algum motivo intransponível, e essa explicação aumentara ainda mais sua ansiedade.

No entanto, deparara-se com o filho vivo. E o reencontro, coibido pelas janelas de um carro, não se realizara como em seus sonhos. Via Estevão correndo em sua direção, braços abertos, igual aos tempos de menino, depois erguido no alto como se fosse tocar o teto ou as nuvens. Mas agora havia apenas os fósseis da chuva escorrendo na janela, os riscos de suor molhando a sua pele. Assim, esperava sem dormir que a noite deslizasse seu manto de sombras e a manhã trouxesse alguma nova luz, capaz de iluminar a realidade.

Com o correr das horas, conforme a febre se recolhia e a letargia do sono ocupava o espaço das lembranças e dos pensamentos, reencontrou a sensação de esperança, colocou sob seu domínio as confusas emoções que o percorriam, voltou a acreditar que tudo tinha um sentido e que seria capaz de repor as coisas em seus lugares, mesmo se ainda não compreendesse nada do que acontecia ao redor.

As sirenes das obras acordaram antes dos galos. Assim que o sol surgiu, despertou também o barulho tecido pelos tratores, um ruído permanente que parecia grudar-se ao bairro inteiro. Antonio calçou os chinelos, apanhou uma toalha e foi ao banheiro. Depois de lavar-se demoradamente, desceu para o saguão e se assentou para o café. Sentia-se fraco, os pulmões engendrando tosses, mas não conseguia mais conter-se no espaço do quarto. Estevão o esperava em algum lugar da cidade e ele o reencontraria. O mais rápido que pudesse.

Ele se estranhava em Belo Horizonte. Na sua casa, raras vezes se via imobilizado nas relações com o mundo, como se sentia agora na nova cidade. Era como se uma teia invisível o detivesse, as suas forças insuficientes para partir, ainda que a esmo, em busca do filho. Em Curva do Alto, ele não admitia derrotas ou desistências. Por que então essa prévia sensação de que seria perdedor, esse desânimo de arregaçar mangas e partir para a batalha? Ele sabia ser um homem que quase sempre se calava, mas que agia para transformar as coisas. E de repente se tornara alguém desprovido de voz e das ações. Embora, olhando para trás, a sensação de impotência não nascera ao colocar os pés em Belo Horizonte, mas desde quando construíra na mente, pela primeira vez, a imagem de seu desembarque na capital.

Antes de Francisco chegar com o bule e a vasilha de pães, ele viu pela janela Madalena trabalhando no quintal. Debruçada sobre os canteiros, ela arrancava verduras danificadas, os picotes espalhados em torno das plantas como se uma criança ali tivesse brincando com uma tesoura. Jogava o punhado de plantas num canto e borrifava o resto com uma bomba de inseticidas.

— Malditas lagartas — reclamava enquanto prosseguia o trabalho.

Antonio se agachou ao seu lado.

— Deixa eu ajudar.

— Que isso, Seu Antonio? O senhor aqui é hóspede, não é empregado.

— Se isso fosse todo o trabalho do mundo.

Ela cutucou a terra, borrifou o veneno sobre os pés de couve e alface e se colocou entre Antonio e o canteiro, para que ele não pudesse pegar, junto ao muro, as ferramentas de jardinagem, a pá e o ancinho, as pontas recobertas de terra e ferrugem.

— Não sei pra que fico mexendo nessas coisas. Vai tudo pra debaixo dos tratores mesmo.

— Ainda demora, não?

— Sei não, Seu Antonio. Qualquer dia a gente acorda com essas máquinas do lado da cama.

Ela retirou mais um pé de alface e o rasgou em muitas partes como se fosse um pedaço de papel.

— Malditas lagartas.

7

Somente na terceira ou quarta vez em que andou pelo quintal prestou atenção na estrutura que se erguia bem lá no fundo, meio oculta por uma multidão de folhagens das mais diversas espécies. A princípio pensou ser uma cerca de arame antes do muro de tijolos expostos, que traçava fronteiras com a casa vizinha. Por mera curiosidade, caminhou até junto do alambrado para descobri-lo cercando um largo retângulo onde vicejavam flores e no meio delas se espalhavam lagartas, em número muito maior que aquelas das quais Madalena reclamara enquanto empunhava frascos de veneno. Pela quantidade, parecia que as taturanas se arrastando pelo chão e pelas plantas dentro do cercado de arame detinham alguma imunidade que as protegiam da fúria da mulher.

Observando melhor, viu que não eram apenas as lagartas os seres dominando a vida naquela ilha oculta nos confins do quintal. Por toda parte voavam cores, traços azuis, círculos brancos, manchas vermelhas, e mais uma miríade de formas e tons, um arco-íris estilhaçado se misturando às folhas e pétalas. Nem mesmo Antonio conseguiu reprimir um instante de felicidade ao contemplar a nuvem de borboletas que flutuavam dentro do cercado. Asas grandes e pequenas, adejando como folhas desenhadas num jardim de infância, recortes de sonhos que o levavam para tempos distantes, uma família caminhando pela praça numa pequena cidade, um menino correndo na grama no encalço de uma borboleta amarela. Lembranças que pairavam no ar, quase imóveis, ou se afastavam rápidas rumo a outros tempos. Antonio demorou-se diante do aquário de plantas e insetos, incrédulo diante de tantas borboletas como nunca vira na vida, nem mesmo junto aos riachos e cascatas que circundam os arredores de Curva do Alto.

Nos dias seguintes, cultivou a rotina de passar por ali depois do café da manhã. Era como se cumprimentasse as borboletas e nos seus corpos de aquarela encontrasse o grão de esperança de que precisava para continuar sua interminável busca. E um dia, contido o encantamento dos primeiros encontros, consultou Dona Madalena sobre a origem daquela espécie de gaiola.

— O homem vendia.

Ela aparava as pontas de um arvoredo, preparando seus galhos para receberem os frutos que talvez nunca fossem nascer, já que em breve tudo aquilo seria aplainado pelos tratores e escavadeiras. Antonio esperou quieto o restante da história que ela parecia ter esquecido, concentrada no movimento do tesourão e nos estalos da madeira que se partia. Imaginou que ela poderia estar picotando os cabelos longos de uma criança, a atenção confundindo-se com o carinho do gesto. Paciente, ele aguardou que ela retomasse a resposta, mas quando viu que talvez não recomeçasse, insistiu no assunto:

— Ele quem?

— Um hóspede, um homem tranquilo, direito. Ele ficava só mexendo com as borboletas. E saía para vendê-las.

— Vender as borboletas?

— Vendia. Espetadas em quadros. Com alfinetes.

Antonio fez uma expressão de desagrado, que não foi percebida por Dona Madalena. Como alguém tinha coragem de fincar aqueles bichos em quadros e, ainda pior, como alguém os adquiria para pendurá-los em paredes, como se fossem pinturas ou retratos de santos? Na verdade, ele já vira em sua cidade, nas casas dos políticos e fazendeiros ricos, os quadrinhos com as asas abertas, brilhantes, formando desenhos que traíam a beleza das cores livres em seu voo natural.

Mas não atentara para sua obscenidade ou talvez deduzira que os autores dos quadros esperavam o fim natural das borboletas. Só que depois de vê-las tantas, deslizando em movimentos de música no alambrado do quintal, não resistiu a sentir-se ofendido com o aprisionamento dos insetos alados, ainda mais ao ouvir sua senhoria contar sobre as noites que o homem gastava asfixiando as borboletas em frascos e depois as mergulhando em poções de álcool, como um feiticeiro cruel em meio às suas poções venenosas.

— Um dia o homem morreu. E as borboletas ficaram aí.

Um ramo crepitou ao ser fendido pela tesoura, a ponta rejeitada caindo aos pés de Antonio. Ele se abaixou para pegá-lo e saiu caminhando de volta para a cozinha. Vindo lá de trás, ouviu a voz de Madalena:

— Acho elas bonitas vivas. Maldade matar ou sair caçando por aí.

Enquanto tomava café na cozinha, recordou-se de um dia em que a ajudara a borrifar mortais agrotóxicos nas verduras enquanto reclamava das lagartas que atacavam as plantas. Em certo momento, do canteiro voara uma pequena borboleta, pairando as asas entre Antonio e Madalena, e se misturara às folhas de amoreira. Madalena interrompera o trabalho e seu olhar acompanhara o curto voo através do quintal.

Pelo menos, elas viram borboletas.

Antonio contemplara o canteiro, as árvores, as paredes trincadas da pensão. E seu comentário surgira instintivo, sem que ele refletisse antes de pronunciá-la:

— Tem umas que viram bruxas.

Classis I Papilionum Nocturnorum.

A. J. Rösel fecit et exc.

II

Crisálida

Saber que ninguém ouve ninguém.
Ninguém sabe nada de ninguém.

Álvaro Mutis, *A neve do almirante*

8

Os círculos deslizavam sobre quadrados pretos e amarelos, as mãos enrugadas percorrendo o mosaico do tabuleiro. Antonio olhava, em pé, os dois idosos jogando damas no quarteirão fechado da praça Sete. Em volta, outros homens e outros tabuleiros espalhavam-se pelo calçamento do quarteirão. Os jogadores, e os poucos assistentes em volta, acompanhavam o jogo, alheios à cidade que se movia ao redor.

Um homem grisalho afastou o olhar do jogo de damas e observou os cabelos negros de Antonio. Sorriu e lhe estendeu a mão, que Antonio apertou com alguma timidez.

— Eles deixam a gente mais velho.

Antonio não compreendeu.

— Os cabelos. Brancos.

Antonio se desconcertou sem saber o que falar.

— Tinge de preto? — O homem insistiu no assunto.

Antonio negou e olhou para os dedos de um jogador que levantava a peça para coroar nova dama.

— Por enquanto, eles estão pretos — respondeu ele, desconversando. — Mas tem gente nova com cabelos brancos. Acho que isso não quer dizer nada.

— Nunca te vi por aqui.

— Sou de outra cidade — respondeu Antonio.

— Eu sou o próximo a jogar. Não vá furar fila.

— Eu só estou olhando.

— Não gosta de jogar?

— Gosto. Mas não quero.

— Não precisa ser a dinheiro.

— É que não quero mesmo.

Um rapaz veio andando pelo quarteirão e parou ali perto para olhar também os jogadores, todos eles focados nas pequenas peças imóveis em seus tabuleiros. Ele carregava uma placa de publicidade nas costas e outra à frente, ligadas por cordões que se penduravam nos ombros. Uma loja comprava alianças, joias ou qualquer coisa em ouro, "paga-se bem", dizia o texto pintado à mão. Antonio sentiu pena do rapaz, devia ser estranho andar com aquelas placas. Parecia não haver um homem ali dentro, mas um cabide ou um poste onde se penduravam anúncios. Quando o rapaz o encarou de volta, Antonio sorriu e voltou a acompanhar o jogo.

Na verdade, não sabia por que estava naquele lugar. Faltavam-lhe rumos desde o encontro com Estevão. Ponderava, sem conclusões, se obrigaria Francisco a revelar-lhe tudo o que conhecia sobre seu filho, onde morava, a que trabalhos se dedicava. Talvez fosse um policial, por isso a arma, o encontro furtivo num terreno baldio. Não gostaria de Estevão na polícia. Alguns se tornavam violentos, como se o direito às armas lhes desse poder divino sobre as outras pessoas ao redor, independente das leis humanas. Ele já tinha visto alguns assim, grosseiros, truculentos, talvez malévolos. Outros, ao contrário, eram pessoas dignas tentando fazer seu trabalho da melhor forma. Acreditavam nas leis e as respeitavam, mais que tudo. Entretanto, todos eles viviam em perigo. Policiais estavam sempre em risco, Antonio refletia, e suas famílias também, com a eterna ignorância sobre o regresso quando saíam para a jornada diária de trabalho. Mesmo em Curva do Alto, na placidez quase isenta de crimes, certa vez, um guarda morrera esfaqueado por um bêbado. Mas os que eram perseguidos por eles também corriam riscos, e muitas vezes tanto fazia se fossem culpados ou inocentes, e esses pensamentos só faziam Antonio se preocupar mais e mais, a maior parte do tempo incapaz de se concentrar em outros assuntos, de experimentar outros sentimentos à exceção do temor e da tensão.

Enquanto isso, as pedrinhas circulares corriam pelos quadrados negros, atravessavam em diagonal o tabuleiro para comer outras peças no caminho. Seguindo o movimento do jogador, Antonio tinha a impressão de que o quadriculado se movia, espaços pretos e brancos escorrendo uns para os outros e se penetrando até que já não fossem retângulos, mas círculos, triângulos e, por fim, uma massa disforme e sem cores. Por instinto, apoiou-se no ombro do homem com quem conversara, tentando controlar a súbita vertigem. O homem o observou curioso, mas não ofereceu o lugar no banco e nem esboçou qualquer gesto para ajudá-lo.

— Está passando bem? — perguntou após algum tempo. — Na nossa idade, as coisas ficam assim. Uma hora a gente tá inteiro. Na outra, bau-bau.

Antonio sentiu o coração se normalizar, o fluxo do sangue retornar ao caminho habitual. Observou os muitos bancos ao longo do quarteirão ao qual os carros não tinham acesso, para descobri-los todos ocupados. Talvez fosse melhor procurar um bar ou café e se assentar. Agradeceu ao homem e começou a se afastar.

— Veja só eu — o homem continuou falando e Antonio parou um instante para escutá-lo. — Tenho um reumatismo que ataca sem dó assim que esfria. Felizmente essa cidade parece que tá esquentando. Senão eu ia ter de ir embora daqui. Como se eu pudesse. Meu filho em Montes Claros não quer que eu vá pra lá, o daqui só me tolera porque dou pra ele um pedaço da aposentadoria. — Erguendo o braço, acenou para Antonio: — Mas vá descansar. Você tá branco, parece que vai desmaiar.

Antonio balançou a cabeça num gesto que nada significava e caminhou devagar para o centro da praça Sete. Atravessou a avenida Afonso Pena e entrou numa pequena lanchonete. Café Nice. Ele parou ali ao ver que o nome do estabelecimento era o mesmo de sua falecida esposa, um rosto que permanecia vivo em sua mente ao longo de duas décadas de viuvez. E que sobrevivera no rosto de Estevão, que agora o tempo também tentava, sem sucesso, apagar. Sentou-se numa banqueta junto ao balcão e pediu uma xícara pequena de café coado. A mulher colocou a bebida à sua frente e continuou a limpar o balcão com um pedaço de pano.

Pessoas entravam e saíam, em sua maioria homens, que colocavam pastas e jornais sobre o balcão e acendiam sequências intermináveis de cigarros enquanto sorviam a bebida nas xícaras fumegantes. Conversavam sobre assuntos que para Antonio nada representavam. Eram falas que se referiam a mundos distantes. Cada diálogo reproduzindo uma porção diferente de problemas e esperanças. Ou apenas o desperdício de palavras, pois, para Antonio, falar sempre significava expor um obstáculo ou sua solução. Fora isso, conversar era, para ele, somente espalhar sementes inférteis que não se reproduziriam. Bebendo o café quente e sentindo o mal-estar se dissipando lentamente, ele se perguntava sobre desde quando pensava dessa maneira. Será que, anos atrás, era assim que vivia com o filho e a mulher, restringindo a fala à exposição das dificuldades e dos planos que as superariam? Muito tempo antes, quando ainda criança, se calava diante do pai severo e escondia-se, entre os braços da mãe, das varas e correias que definiam os parâmetros do certo e do errado. Falar, então, significava ampliar o suplício inevitável. Talvez por isso ele se calara, deixando sempre que os outros se expressassem. Ouvir se convertera em sua maior qualidade, a própria voz destinada aos momentos ímpares quando sentia que falar seria um ato imprescindível e, de alguma forma, transformador. Embora ele não concretizasse por completo esse raciocínio, e apenas o pressentisse, seu silêncio se tornara um símbolo, não de omissão ou de soberba, mas de despreparo para se expor diante do mundo.

Antonio esperou muitos minutos antes de sentir-se em condições de voltar à pensão. Quando percorria a última quadra, encontrou-se com Barnabé, levando na mão a inseparável mala. Conversaram sobre dinheiro e o custo de vida, tudo subindo diariamente. Os preços das coisas se contava com muitos zeros em fila. Porém, mais do que qualquer assunto, Antonio queria perguntar-lhe o que levava naquela mala. Seriam livros, e ele, um vendedor igual a Aurélio? Ou todos os dias deixava a pensão disposto a não retornar? Mas não tinha coragem de abordar a questão. Ofereceu-se para carregar a bagagem e perguntou se ele melhorara dos machucados sofridos no assalto. Barnabé recusou o auxílio, e entraram na pensão no momento em que soavam sirenes distantes, que poderiam ser das obras na vizinhança ou do interminável tráfego de ambulâncias, bombeiros ou viaturas policiais.

Logo implodiriam outro prédio nas imediações, as hordas de cupins metálicos iam corroendo parte das construções do bairro. Antonio se perguntou quando chegariam à pensão e para onde ele iria quando isso acontecesse. Já começava a estabelecer aquele pequeno espaço como o seu provisório lar. Sem ele, perderia novamente as referências. E isento de referências, Antonio não era ninguém.

9

Madalena debruçou-se na mesa de Antonio, o decote abrindo um túnel que expunha parte dos seios. A mulher não usava sutiã, ele descobriu encabulado, antes de desviar os olhos para o prato de sopa.

— Já desistiu? — perguntou ela, puxando uma cadeira para sentar-se ao seu lado. — Pra que esse sofrimento todo com o Estevão?

— É meu filho, Dona Madalena. Quero saber que rumo ele tomou no mundo.

— Filhos são bons quando pequenos, Seu Antonio. Depois o mundo carrega eles pra longe. Deixa pra lá, é melhor. Esse meu menino mesmo, o Francisco, mais cedo ou mais tarde vai cair na vida e me largar pra trás. Que eu posso fazer? Não foi a mesma coisa que fiz com minha mãe?

Antonio ergueu a colher e sorriu pensativo. As pessoas se conformavam facilmente com os fatos, ignoravam o direito e a capacidade para intervir na realidade e transformá-la para melhor. Ele devia ter sido pastor ou padre, o vigário de Curva do Alto costumava lhe dizer, tamanha sua obsessão pela necessidade de mudar as pessoas. Aconselhava casais em desavença, instava comerciantes a terem tolerância com os devedores, clamava bêbados a largarem o vício. E nunca admitia um fracasso. Se suas investidas não resultavam de imediato, insistia sob pena de tornar-se chato, mas nunca desistia dos propósitos de redenção da humanidade, ou pelo menos da pequena porção que o circundava.

Depositando o talher no prato já vazio, olhou complacente para a mulher.

— Dona Madalena, obrigado por suas palavras. Sei que a senhora quer apenas o meu bem. Mas não posso largar meu filho entregue ao mundo, sem saber por quais lugares ele anda, que tipo de gente ele frequenta. Sei que deve estar bem, tenho certeza de que está bem. Se ele não pode entrar em contato comigo, deve ter suas razões, que eu aceito. Mas somente posso voltar pra casa quando souber que ele não precisa mais da minha ajuda. Obrigado por sua atenção. Mas é assim que sei viver, Dona Madalena.

Ela ergueu as mãos em desalento. Desistiu de argumentar e perguntou se ele estaria na pensão no sábado, pois ela e os vizinhos que ainda não tinham se mudado organizariam uma festa junina como despedida. Desapropriadas, as casas se esvaziavam gradativamente, restando por todos os lados construções ocas onde habitavam apenas insetos e ratos, enquanto os tratores não chegassem para eliminá-las da paisagem. No futuro, seriam meras lembranças na mente de quem por ali transitara antes das obras as espalharem feito mofo ou ferrugem, ou então existiriam somente nas raras fotografias que os moradores guardassem dos momentos felizes, como talvez viesse a ser aquela festa junina para a qual Madalena o convidava.

— Pra onde a senhora vai?

— Sei lá. Posso subir pras ruas do bairro que não vão ser demolidas. Mas tenho vontade de ir pra longe. Acho que Contagem ou Betim. Ou pra mais longe ainda.

Madalena contou o quanto investira na pensão, tanto do pouco dinheiro que tinha, quanto das esperanças de construir um futuro melhor para si e para o filho. Mas nada dera muito certo. O negócio não se mostrara tão lucrativo, a região tornara-se cada vez mais decadente, até que vieram as obras semeando viadutos. Enfim, ela partiria de novo, a indenização insuficiente para começar tudo outra vez.

— Não sei o que fazer, Seu Antonio.

— Mas sempre tem um jeito.

Ela riu em voz alta.

— Já estou conhecendo o senhor. Jamais entregar os pontos.

Fez um sinal para Francisco, pedindo que trouxesse uma garrafa de cerveja e dois copos, mas Antonio não quis beber.

— É contra bebida, Seu Antonio? — perguntou ela enquanto virava na boca um gole da bebida amarelada. — Não gosta de jogo também? Nem de outras coisas?

Antonio sorriu e olhou, constrangido, o prato vazio. Em outra mesa, Aurélio jantava com uma moça chamada Mariana, com quem Antonio ainda não conversara, exceto por rápidos cumprimentos quando se encontravam na entrada da pensão ou durante as refeições. Francisco assistia à televisão, sentado num canto.

Então, a porta da sala bateu contra a parede, empurrada com força, e todos se voltaram para o homem parado sob o portal, olhando em volta como se procurasse alguma coisa. Madalena encheu novamente o copo de cerveja e levantou-se, enquanto murmurava num misto de surpresa e divertimento:

— Estevão?

10

Antonio observava as caçambas se enfiarem na base do barranco, garras e boca de animal faminto, e se levantarem bem alto para despejar o punhado de terra num monte que se formava ali perto. As escavadeiras carunchavam o leito do pequeno rio. Antonio achava desproporcionais o trilho que se abria para as águas e a lâmina fina e fétida que deslizava pela superfície. Mas Aurélio, debruçado naquela ponte, já lhe narrara os desandos do ribeirão Arrudas nos tempos de chuva. As águas marrons, de barro e de esgoto, alastravam-se pelas ruas e avenidas, transformando carros em barcos que navegavam para portos inexistentes. O trânsito mergulhava de repente no torvelinho da correnteza, como os ratos do flautista na história infantil. As lojas se enchiam de lama. A cidade afogava.

Por isso criavam aquele vasto receptáculo, onde o Arrudas poderia satisfazer sua momentânea voracidade sem levar consigo a paz dos belorizontinos. Mesmo sabendo disso, Antonio admirava incrédulo tantas máquinas e operários trafegando no fundo do leito, enquanto instalavam imensos blocos de pedras amarradas com telas, degraus de uma escada de gigantes, para segurarem as margens do delgado ribeirão.

Antonio se deteve em frente às obras da mesma forma que costumava também parar ante os operários que refaziam um trecho do bairro Lagoinha, desmanchando aquele pedaço da cidade para erguer, em seu lugar, as línguas dos viadutos. Ficava vendo a maquinaria se mexer, os operários andando para lá e para cá, e se esquecia de pensar nos próprios rumos.

Antes, decidir era um processo natural. Partiria para procurar Estevão, depois vasculharia a cidade em sua busca. Agora já o encontrara, mas persistia a sensação de que o tinha perdido. Para que se preocupar com o filho, homem crescido, dono de seu nariz e dos caminhos que ele próprio escolhe seguir? Não fora mais ou menos isso que lhe questionara Madalena? E agora que Estevão reaparecera, talvez não houvesse nem sequer mais razão para preocupar-se. Mas Antonio se preocupava. Algo nas entrelinhas da conversa com o filho permanecia obscuro. E ainda havia aquela noite estranha, os carros, os homens, as armas. Um buraco negro que lhe sugava as energias, sem explicações, sem forma ou conteúdo. Sugadouro sem sentido na trilha dos rios, levando consigo o equilíbrio e as certezas. Antonio naufragava.

Quando Estevão irrompera sala adentro, ele esperara inquieto que o filho se aproximasse, mas este parecera não vê-lo e se dirigira para Francisco, que permanecia em frente ao televisor como se nada acontecesse dentro da sala. Segurando com força a camisa do garoto, ele o erguera até o rosto de ambos se colocarem um contra o outro.

— Disgramado — gritara Estevão. — O que você foi fazer naquela merda de lugar?

Francisco tentara se soltar, mas Estevão o apertara de encontro à parede.

— Eu devia te matar, desgraçado.

De repente, um braço se colocara entre os dois, a mão calejada de Antonio forçando energicamente o corpo de Estevão para trás, ao mesmo tempo em que o puxava para um abraço. Devagar, Estevão soltara o garoto e ficara quieto, os braços caídos ao longo do tórax, como apêndices inúteis que não soubessem a própria serventia. Antonio, por sua vez, o abraçara calorosamente, sem se importar se era correspondido. Após alguns instantes, Estevão enfim levantara uma das mãos e a pousara, desajeitado, nos cabelos de Antonio.

— Que merda, pai, você não tem juízo.

Sentaram-se junto a uma das mesas e Antonio despejara todas as perguntas sobre o filho. Por que sumira e não dera mais notícias? O que fizera nesse tempo todo? Metera-se em alguma confusão? E, principalmente, se estava bem. Estevão respondera a todas as perguntas, sempre depois de um rápido instante de hesitação, que não passara despercebido ao pai.

Estevão disse que bandeara de serviço em serviço desde a chegada a Belo Horizonte. Trabalhara na obra de um prédio, metera-se numa longa greve quando os operários da construção civil varreram a cidade, alavancas e picaretas e palavras de ordem, numa explosão de justa rebeldia, mas que assustara a metrópole recém-nascida, e terminara por condenar algumas pessoas à prisão e muitas mais à demissão, Estevão entre eles, e então alguns meses se passaram sem que ele encontrasse um novo emprego. O regime militar que dominara o país na década anterior já agonizava, mas ainda era capaz de asfixiar e amedrontar. Afastado da atividade, Estevão trabalhara um tempo no comércio e em biscates. Mas alguma coisa nele se quebrara e não conseguira mais fixar-se em alguma daquelas atividades.

O pai lhe perguntara de chofre o que fazia com uma arma na noite de chuva. Ele titubeara um momento, mas logo expusera uma explicação em voz baixa. Trabalhava na área de vigilância, era guarda-costas de um homem rico que precisara ir àquele lugar para resolver uma questão de negócios.

Agora, diante do rio sendo domado, Antonio não conseguia assimilar a justificativa do filho. Que negócios escusos se resolviam no meio da noite, num lugar escuro e ermo, capazes de fazer guarda-costas sacarem armas ao ouvirem qualquer movimento ao redor? Antonio deixara-se enganar, embora resistisse a admitir uma mentira no filho. Insistia consigo mesmo, tentando se convencer de que Estevão lhe dissera a verdade. Por fim, aquietou. Não era um emprego nobre, mas, de qualquer modo, o filho sobrevivia honestamente. Arriscava-se nesse emprego de tomar conta das fortunas dos outros, mas assim era a vida, não se podia escolher o lugar de onde se lavrava o alimento que se comia.

— Curva do Alto é passado. — O filho resumira a conversa antes de ir embora. Ele ficara de voltar em uma semana para conversarem novamente. Depois, Antonio partiria de volta à sua pequena cidade, agora desprovida de sentido a permanência em Belo Horizonte. Assim prometera ao filho. Afinal, para que continuaria na capital dissolvendo o dinheiro da aposentadoria com a hospedagem na pensão e no vaivém sem rumo pela cidade? A capital devorava as notas de dinheiro, os dentes espalhados por todo lado, ansiosos e aflitos como não se via no lugarejo de Antonio. Nos ônibus, nas lojas, nas ruas, ratos e cupins invisíveis mastigavam e perfuravam notas e moedas, e um salário deixava de existir tão logo nascia. Antonio não tinha reservas financeiras que lhe permitissem viver indefinidamente em Belo Horizonte, por isso também aceitara a proposta de Estevão.

— Um dia vou ver o senhor em casa, não demoro pra fazer isso — prometera Estevão, no esforço de convencer o pai a partir.

Chegando na pensão, Antonio procurara o menino para confirmar as afirmações de Estevão. Sentia-se incômodo em suspeitar do próprio filho, mas não era capaz de apagar a sensação de deslocamento que o preenchia. Mas Francisco esquivou-se, os monossílabos aumentando a suspeita.

Quando Estevão visitou o pai no final de semana seguinte, este cobriu-lhe de novas perguntas: casara-se, tinha filhos, morava sozinho? E no final do encontro restou a mesma semente de dúvida. Estevão escondia algo. Todos escondiam alguma coisa.

11

Tanto os hóspedes quanto Francisco e Madalena conversavam com Antonio frequentemente. Quer seja nas refeições, na calçada em frente ao sobrado ou, à noite, sentados diante da televisão, vendo e ouvindo os homens e mulheres inexistentes que circulavam pela tela como habitantes adicionais da pensão. Antonio, solitário, tentava se concentrar nos personagens azuis que se mexiam nas novelas, séries e noticiários que também nada lhe diziam. Aos domingos, ele e alguns dos hóspedes passavam o dia inteiro em frente ao aparelho de TV, primeiro vendo o homem de terno distribuir prêmios e dinheiro com um sorriso intraduzível, e mais tarde olhando mulheres belas e meio despidas bailarem na abertura do programa que intercalava músicas e doenças terminais. Todos com a tez azulada da imagem sem outras cores, pois Madalena não tivera ainda dinheiro para comprar um aparelho colorido. Mas também era comum Antonio abandonar os outros hóspedes e fechar-se no seu quarto para escutar um velho rádio de pilha. Nas vozes daqueles locutores, apesar de falarem de coisas muito diferentes das que ouvia nas emissoras captadas em Curva do Alto, ele sentia que encontrava certa familiaridade. Talvez fosse a impressão de que, ouvindo o rádio, sua mente pelo menos ainda continuava existindo, e ele podia resvalar para as reflexões sobre a vida de Estevão, ao contrário de quando se sentava diante do retângulo do televisor e se deixava apagar como num sonho.

No fim de semana seguinte, a rua se fechou para a festa. Cavaletes bloquearam o trânsito nos limites do quarteirão, bandeirolas espalhadas, cadeiras em fila junto às paredes das casas, algumas das quais já se fechavam, lacradas pelo futuro de escombros. Mas muitas continuavam habitadas, e os moradores sentavam-se ou andavam em volta da fogueira armada no meio do calçamento.

No cair da noite, espocaram foguetes, linhas coloridas sobre a silhueta iluminada dos edifícios. Parecia que uma nova cidade nascia em Belo Horizonte, menos apressada, mais festiva. Mesmo forasteiro, Antonio notava o parto dos prédios que surgiam por toda parte, substituindo o casario mais antigo, e era inevitável sentir que alguma coisa morria à sua volta.

O parente cego de um dos moradores viera tocar acordeon enquanto um grupo tímido de homens e mulheres ensaiava os passos de uma quadrilha. Copos de quentão corriam pelas mãos, pipocas circulavam em grandes tigelas, a churrasqueira de metal exalava fumo e o cheiro das carnes assadas. Mais tarde, muita gente já recolhida para dentro das casas ou para as ruas vizinhas, Antonio dançava uma valsa com Madalena, o sanfoneiro balançava ao ritmo das teclas e do fole, ventos invisíveis empurravam seu corpo, o sorriso iluminava dentes amarelados. A música corria pela rua como um facho de luz. Os dedos ágeis do músico saltavam pelo instrumento, conduzia os passos do casal feito as mãos de um artista de marionetes. Quando se cansaram e buscaram o conforto de duas cadeiras diante da pensão, Antonio perguntou a Madalena o que sabia sobre as andanças de Estevão.

— Não muito mais que o senhor — respondeu ela. E, mais uma vez, Antonio não acreditou.

No fim de semana em que Estevão veio para se despedir, Antonio o viu partir na garupa da motocicleta do amigo de Francisco. Aquele homem obscuro, taciturno, que estava sempre conversando com o garoto. Pareciam ter infinitos assuntos para resolver. Antonio se lembrava, também, de que vira o moço no terreno baldio, cavalgando seu inseparável veículo. A motocicleta levando Estevão desceu rumo à avenida onde linhas contínuas de luz revelavam o tráfego intenso.

Um instante depois dela partir, outra moto fez a curva e a seguiu com alguns metros de distância. Antonio tentou chamar a atenção de seu condutor, decidido a reverter o acordo selado na véspera, mas nem o segundo motoqueiro nem aquele que levava seu filho se voltaram para trás. No dia anterior, caminhando pelo centro, Antonio vira um rapaz junto a uma moto, a pintura gasta e com arranhões, furos no painel, os pneus embranquecidos. Ele puxara conversa e descobrira que o jovem precisava de dinheiro. Assim, pagara-lhe para postar-se na esquina da pensão, na tarde em que Estevão viria, e segui-lo até seu destino.

Mas o rapaz contratado não retornou naquela noite nem no outro dia, e Antonio temeu ter sido ludibriado. Quando já desistia, admitindo-se um ingênuo, Madalena o chamou para atender um telefonema. Estevão ficara numa casa no bairro de Venda Nova, e o jovem motoqueiro, justificando seu pagamento, teve a iniciativa de não apenas anotar o endereço, mas também de vasculhar um catálogo e conseguir o número do telefone. Antonio ligou para o número, e uma mulher, rindo, lhe disse que não conhecia nenhum Estevão. Incrédulo, depois de viajar muito tempo num ônibus, Antonio procurou a casa e foi recebido pela mesma pessoa que havia atendido a ligação. Ela insistiu para que Antonio entrasse, mas ele se recusou, já compreendendo do que se tratava aquele lugar. Mesmo assim, puxou um retrato de Estevão e perguntou se ela o conhecia.

— Ele é lindo, né? Seu filho? Acho que puxou o pai — respondeu ela, sorrindo. — Ele vem aqui de vez em quando. Não sei nem como se chama de verdade. Cada vez dá um nome diferente.

A estratégia que antes lhe parecera perfeita se revelava inócua. Estevão podia ter ido a qualquer lugar ao sair da pensão, como efetivamente acontecera. De nada adiantara gastar dinheiro e pagar alguém para segui-lo. Antonio se recolheu para o quarto na pensão e dedicou os dias a contemplar a janela e sua paisagem estéril, enquanto repuxava e torcia os pensamentos em busca de uma nova forma de descobrir a verdade que o filho e todos lhe escondiam. A menos que, ele refletia, a verdade já estivesse posta à sua frente e ele não conseguisse ou desejasse enxergá-la.

Numa tarde de sábado, Antonio se viu assentado na calçada em frente à pensão, ao lado da moça com quem nunca conversara. Ela viera do interior à procura de trabalho na capital. Seus pais não queriam que ela se aventurasse, mas, com a persistência rebelde dos jovens, batera pé e se mudara de Coluna. Seus planos eram trabalhar e continuar os estudos, porém a lida do quotidiano a atropelara. O serviço numa lanchonete preenchia todos os seus dias, ficava lavando copos e xícaras até tarde da noite, pegava o último ônibus para não retornar a pé e sozinha pelas ruas escuras e mal frequentadas que ligavam o Centro ao bairro. Tinha, sobretudo, um grande medo, o de ser atacada por um demente numa esquina escura diante de um dos lotes vagos que abundavam na cidade.

A moça parou de falar de repente, olhou em volta e depois fitou Antonio.

— O senhor é um homem bom. Não acho certo as pessoas ficarem escondendo as coisas do senhor.

— Que coisas?

— Estevão também era bom quando mudou para cá. Ele trabalhava numa obra e a gente começou a namorar. Depois ele zanzou pelos empregos e um dia foi embora daqui. Quando ele voltou, não era mais o mesmo.

— Como assim?

— Ele não andava mais com pessoas direitas. Até o jeito de olhar dele estava mudado. Uma noite, ele tentou me forçar no caminho do trabalho.

Antonio fechou os olhos e segurou a mão de Mariana entre as suas.

— Você é uma boa moça. Obrigado por me contar as coisas que contou.

Ela se levantou sem graça e começou a entrar na pensão. Antes, se virou novamente:

— Desculpa ter falado essas coisas. Eu não queria fazer o senhor sofrer.

— Não se preocupe — respondeu ele, e não se levantou do lugar. Lá no céu, uma lua enorme ofuscava as estrelas. Mas Antonio não as via. Ele nem sabia que elas existiam. E nem se importava.

12

O vendedor estendeu a passagem, Antonio a guardou na carteira. Afastou-se do guichê e caminhou pela praça que antecedia a estação rodoviária. Resolvera regressar a Curva do Alto e, para ir de ônibus, precisaria fazer baldeações e até mesmo pegar um caminhão de leite antes de chegar à sua cidade. Não queria refazer o roteiro direto do trem. O ziguezague das rodovias lhe parecia um jeito mais demorado de regressar, ação que lhe soava uma espécie de desistência.

Seja como for, decidira cumprir o prometido a Estevão. O dinheiro já chegava ao fim, não restavam justificativas para continuar em Belo Horizonte. Localizara o filho, soubera coisas boas e más a seu respeito, mas enfim estiveram juntos, abraçaram-se e despediram-se. Chegara a hora de partir.

Vadeou pelo centro um tempo, sentindo o bilhete da passagem pesar na carteira como se carregasse uma pedra. Na entrada da pensão, Francisco recebeu um embrulho do amigo motoqueiro e Antonio o interceptou antes de entrarem na pensão:

— O que é isso?

— Chouriço — respondeu o garoto, com um sorriso de ironia.

— Fiquei curioso. E parou com os pés no primeiro degrau da escada na entrada. — O que você tem a ver com esse moço? Ele estava lá naquela noite. Como é mesmo o nome dele?

— Que moço?

— O moço da motocicleta. Vocês estão sempre cheios de mistério.

— Que mistério nada. A gente tem uns negócios. E o nome dele é Zulu.

— Que tipo de negócios?

Francisco sorriu.

— E o que o senhor tem a ver com isso?

— Desculpa, fiquei só curioso. Eu vou no banco pegar um pouco de dinheiro pra pagar sua mãe. Quer vir comigo?

— Pra quê?

— Pra nada. — Antonio abriu as mãos como se não soubesse o que dizer. — Pra vir.

— Tá bom. Eu vou. Tenho mesmo que levar isso no Centro.

Passaram pelo banco e, na volta, foi a vez de Antonio acompanhar o garoto até o fliperama. Lá dentro, Francisco entregou o embrulho a um homem que vendia as fichas dos brinquedos eletrônicos. Ele saiu com duas delas e parou em frente a uma das máquinas. Antonio olhou, desatento, a mesa cheia de luzes. Uma esfera metálica corria em meio aos desenhos, batia nas paredes laterais e nos cilindros no centro da mesa, e, no final, duas lâminas se mexiam como as abas de um portão quando Francisco pressionava os botões do controle. Antonio não achava sentido em nada daquilo e se afastou para a porta, onde, braços cruzados, esperou o garoto sair.

— Você gasta muito dinheiro com esses brinquedos — comentou enquanto caminhavam.

— E daí?

— Nada.

Entraram no ônibus. Antes, um menino maltrapilho pedira-lhes um trocado, a mão suja estendida, o olhar perdido. Antonio separara uma moeda, que colocara na palma do menino, perguntando-se que destinação seria dada ao dinheiro. Descobrira a resposta, em seguida, no homem que parecia esperar o pedinte mais à frente. O dinheiro não ficaria com o menino.

Segurando-se numa das barras no teto do ônibus, Antonio perguntou mais uma vez:

— Como você sabia onde o Estevão ia estar naquela noite?

O adolescente olhou para as ruas lá fora, fazendo de conta que não ouvira, que se concentrava em outra coisa. Levou a mão livre à cabeça e virou a aba do boné para um lado e para o outro. Mas Antonio repetiu numa altura suficiente para fazer o casal no banco ao lado levantar os olhos.

— Depois eu falo. Aqui dentro não dá — respondeu Francisco.

Antonio voltou a indagar a mesma coisa ao descerem do ônibus:

— Você ficou de falar.

— Eu sabia que eles iam estar lá porque eles sempre se encontram naquele lugar.

— Quem são eles?

— Eles.

— Eles quem?

— O Estevão.

— E os outros?

O garoto parou de caminhar, resmungou enfadado, olhou para diante, medindo a distância que ainda os separava da pensão.

— Os amigos do Estevão. A turma que anda com ele. E mais os clientes deles.

— Não entendi. Como você sabia que eles iam estar lá?

— Eu faço uns serviços pra eles de vez em quando.

— Igual ao que você fez hoje?

— Hoje?

— Aquele embrulho que você levou.

— É. Pode ser. Coisas assim.

Francisco voltou a caminhar. Antonio não se moveu e gritou lá de trás:

— Você não disse quem são eles.

— Muamba, seu Antonio. Sabe o que é muamba? É isso que eles fazem. Muamba. Muamba. Muita muamba.

E retomou o caminho sem olhar para trás. Antonio ficou algum tempo quieto no princípio do quarteirão. Algumas pessoas passaram e o observaram curiosas. Ele era um adereço imóvel, como os postes ou as paredes das casas que, mais atrás, se desfaziam sob a manopla das escavadeiras. Não havia máquinas agora à sua volta. Mas em sua memória, giravam enlouquecidas as lagartas dos tratores, que rolavam em torno das rodas, parecendo correr para a frente, enquanto, na verdade, se moviam para trás. Sua mente se preenchia com o rodopio das esteiras. Ocupavam-na com uma espécie de delírio. O delírio das lagartas.

13

Desta vez, não chovia. Mas as nuvens roubavam a lua, um breu de petróleo cobria o descampado. Antonio olhou o terreno vazio, voltou à estradinha de terra, subiu na garupa da motocicleta. O rapaz o encarou fixamente, escondeu a expressão no interior da esfera colorida que era seu capacete. Murmurou entredentes, bem baixo, para Antonio não ouvir.

— Só porque você tá me pagando.

A moto ronronou e ergueu um véu de poeira estrada afora até o ponto onde ela se apagava no encontro com o calçamento da rua. Naquele mesmo lugar onde, na outra vez, Antonio e Francisco encontraram um táxi, a moto se ocultou detrás de uma Kombi. Eles esperaram horas até o primeiro carro passar e, depois dele, uma caminhonete que Antonio nunca vira. O carro era um dos mesmos da primeira vez, um Passat cinza, exatamente o que levara Estevão. Antonio se esforçou para enxergar através dos vidros, mas, na distância, distinguiu apenas uma névoa negra cobrir as janelas. Pediu ao motoqueiro que seguisse os carros. Cada vez mais temeroso, o rapaz argumentou não ter sido isso o combinado. Assim, aguardaram ali um longo tempo pelo retorno dos veículos.

A caminhonete voltou, mas não havia sinal do automóvel, e Antonio insistiu que o rapaz fosse com a moto ao descampado, mas ele se recusou novamente. Antonio desceu e caminhou a pé pela penumbra da rua deserta. Um vestígio de luar atravessava a lacuna entre duas nuvens e clareava a calçada, acima do halo das lâmpadas nos postes. Antonio via sua sombra alongar-se e encolher-se quando a lâmpada se distanciava e o poste seguinte se aproximava. Ele enfiou a mão no bolso para proteger-se da brisa repentina que levava folhas das árvores e restos de papéis rasgados. Não sentia medo, embora não ousasse prever o que acharia à frente. Já sabia que aqueles, inclusive seu filho, não eram homens honestos. Carregavam armas e trabalhavam com algo desconhecido, mas com certeza ilegal, cuja natureza o menino descrevera como muamba. A palavra ganhava contornos estranhos na mente de Antonio. Embrulhos disformes que se abriam indefinidamente, guardando sob os invólucros uma natureza pérfida que o assustava. Ele às vezes quase transformava a palavra em algo concreto, atribuindo ao grupo em volta de Estevão atividades relacionadas ao contrabando ou à droga, mas ainda assim o conceito se dissipava em algo não traduzível. No imaginário de Antonio, drogas e contrabandos eram algo tão desprovido de formas quanto o embrulho secreto que Francisco levara para o fliperama. Aquilo poderia conter qualquer coisa. Monstros, dragões, fantasmas, formas erguidas das brumas de um cemitério, seres que misturavam a aparência de serpentes e escorpiões. Antonio conseguia intuir apenas o desvio, a ruptura com o mundo no qual sonhara que o filho vivesse. Por isso agora não sentia medo, apenas a continuidade do desencanto.

Ele tinha importunado Francisco e, por fim, lhe oferecera alguns trocados, que, imaginava, seriam gastos nos jogos eletrônicos. O garoto insistira que ignorava quando Estevão e seus companheiros voltariam àquele lugar para fazer seus misteriosos negócios. Porém, ante a persistência de Antonio, terminou por desistir e insinuar que poderia tentar descobrir, mas que ele jamais retornaria ao descampado. Alguns dias mais tarde, segredara a Antonio o que soubera através de Zulu, o amigo motoqueiro.

Foi assim que Antonio estava agora naquele lugar na exata noite em que os carros iam e vinham em seu balé de luzes, armas e motores. Ele olhou para trás, conferindo se o motoqueiro que o trouxera continuava no mesmo lugar, mas não conseguia mais vê-lo detrás da Kombi. Apressou o passo quando a imaginação lhe soprou a possibilidade de os ocupantes do carro, Estevão incluído, terem sido vítimas de algum malefício daqueles que haviam passado na caminhonete. Imagens cruéis lhe preencheram a visão, e ele aumentou a velocidade dos passos. Mais alguns metros e entraria no caminho de terra.

Nesse momento, o barulho do motor e dos pneus zunindo em alta velocidade antecedeu a visão do Passat numa curva da estrada. Antonio se encolheu contra as sombras de um muro e não se moveu. O carro cruzou a divisa entre o matagal e as casas do bairro e prosseguiu, sem desacelerar, ao longo da rua mal iluminada. Antonio deu um passo adiante e chegou à esquina, onde a motocicleta já estacionava para que ele subisse na garupa. Aguardaram alguns segundos e seguiram o automóvel. Mantiveram uma distância constante até penetrarem no tráfego contínuo da rodovia. Apesar do horário avançado, uma grande quantidade de veículos circulava pelas duas pistas da estrada. Antonio sentia náuseas quando a moto se curvava para um lado e para o outro feito barco em meio ao temporal, mas agarrava-se no banco e fechava os olhos para conter o incômodo. Todo o tempo se dizia que estava em Belo Horizonte por causa de Estevão e, como quer que a noite terminasse, carregava consigo a justificativa desse fim maior. Precisava encontrar-se de novo com o filho para colocar em ordem as verdades que não circularam entre os dois. E não apenas por isso. Sentia que ainda tinha obrigações de pai ante Estevão, sina que conduziria seus atos até o fim da vida.

Quando o rapaz apertou o freio quase em cima de um ônibus, jogando a moto para um lado e a inclinando num ângulo impossível, Antonio não se importou e, crente de que a missão de proteger o filho o resguardava de todo mal, não duvidou um instante sequer de que nada lhe aconteceria naquela viagem.

Finalmente o Passat estacionou diante de um sobrado, a porta se abriu e Estevão desceu. Grupos de homens barulhentos conversavam nas mesas de um bar próximo. Olhando para os dois lados da rua, Estevão tirou um chaveiro do bolso, abriu a porta do sobrado e desapareceu. O carro acelerou e virou a esquina seguinte, enquanto a moto vinha rodando devagar e estacionava diante do bar.

— E então, que faço agora? — perguntou o motoqueiro.

Antonio entregou-lhe algum dinheiro, depois de retê-lo por instantes nas próprias mãos. Junto com as notas, veio a passagem amassada que ele não utilizara. Seus recursos financeiros estavam perto do fim. Não poderia adiar muito a volta para Curva do Alto, a menos que pedisse empréstimo a alguém. Os moradores da pensão e mesmo Madalena estavam fora de consideração, cada um mais que o outro choroso da falta de dinheiro e de perspectivas. O pouco dinheiro que diziam ter era devorado, dia a dia, pela invisível inflação, esse ser criado pelas autoridades e pelos donos dos bancos e que todo o tempo ocupava os espaços dos jornais e da televisão. Talvez terminasse se enredando nas mãos de algum agiota, daqueles que espalhavam impressos no centro da cidade prometendo a realização dos sonhos de quem os procurava.

— Escreve o endereço daqui pra mim e me leva pra casa.

O rapaz enfiou a mão no bolso da calça, retirou uma caneta, examinou a placa afixada na casa da esquina, rasgou um maço de cigarros vazio e escreveu no verso o nome da rua e o número do sobrado onde Estevão entrara. Antonio guardou o papel no casaco, junto da passagem de ônibus.

O som tonitruante da moto encobria as conversas nas mesas do bar. Dois homens pousaram os copos cheios de cerveja sobre a mesa e os observaram longamente. O rapaz retribuiu seu olhar e acelerou para sair logo dali, e, rapidamente, a moto desapareceu para longe dos cones pálidos que desciam dos postes ao longo da rua.

14

Antonio demorou a se a habituar aos meninos, embora se encontrasse, a todo instante, com os grupos maltrapilhos pela cidade afora. Cruzavam-lhe o caminho nas ruas, passavam pendurados nas traseiras dos ônibus. Ele lhes entregava moedas quando o interceptavam com as mãos pedintes. Uma vez presenciara um deles saltar de encontro à bolsa de uma mulher, desembestando rua afora enquanto transeuntes atônitos observavam a cena. Mas, na maioria, apenas circulavam carentes pelo centro, estendiam sob as marquises a cama feita com tiras de papelão e os restos de rotos cobertores. Estavam sempre nas vizinhanças, flutuando no torvelinho de Belo Horizonte, feito troncos ceifados que derivassem na superfície de um rio. Assim como as máquinas largavam em seu rastro uma rede de escombros, o dinheiro que alimentava a cidade, suas grandes fábricas, rios de automóveis, milionários que às vezes passavam voando em raros helicópteros ou em elegantes carros blindados, todos largavam atrás de si aquelas pessoas transformadas em resíduos, que aparentemente não eram sequer percebidos e, quando observados, consistiam num reles incômodo a ser de alguma forma varrido de sua visão.

Uma noite, das muitas em que Antonio também perambulava náufrago pela cidade, ele esperava numa parada de ônibus, a rua com pouco trânsito de carros e de gente. Daí a pouco, dois homens encostaram-se no muro que se erguia detrás do ponto. Um deles acendeu um cigarro, e entabularam uma conversa que Antonio, imerso nos próprios pensamentos, não se esforçou para acompanhar. Então chegaram os meninos, meia dúzia, nenhum com mais de dez anos, e alguns carregando pequenos porretes nas mãos. Pediram um trocado e ficaram por ali sem fazer nada. Um dos meninos que não traziam o pedaço de madeira puxou conversa com o homem do cigarro. Apontando para o mais alto de sua turma, que rodava em silêncio o porrete entre os dedos, disse sempre pedir dinheiro, mas que aquele outro costumava roubar.

— Ele sabe abrir carro — completou.

O menino mais velho ordenou, entredentes, que ele se calasse. Enquanto isso, um jovem se juntou ao grupo que esperava o coletivo, pilha de livros apoiada na curva do braço. O homem do cigarro começou a dar conselhos aos garotos, dizendo-lhes que deviam estudar, e não roubar as coisas e tampouco brigar uns com os outros.

— Ele rouba mesmo — o menino aproveitou para continuar a pequena delação.

O ônibus chegou, e os homens que aguardavam deixaram Antonio subir em primeiro lugar. Ele entrou, mas, ainda no primeiro degrau, olhou de novo a calçada, as crianças já se afastando devagar. Viu, então, o menino mais velho erguer o simulacro de porrete e batê-lo várias vezes nas costas do mais novo, que curvava as costas e cuspia no chão repetidas vezes, como se vomitasse. Antonio quis deter-se e voltar, mas os outros passageiros já vinham atrás e, ainda que não o tocassem, o pressionaram a terminar de subir para o interior do ônibus. Antonio tentou dizer algo sobre a cena que se desenrolava lá embaixo, aflito pela impossibilidade de intervir, mas descobriu que os outros também observavam o menino ser espancado pelo companheiro, embora não interrompessem o impulso de entrar no lotação e aguardar as portas se fecharem, isolando-os do mundo lá fora, onde os membros de um bando de meninos desvalidos se agrediam uns aos outros.

Antonio não conseguiu dormir. A imagem do menino surrado lhe preenchia os olhos abertos. Pela manhã, sentou-se na mesa do café se perguntando que futuro esperava as crianças daquele grupo. Rotulou de insensíveis os homens que partiram no ônibus, largando o menino entregue à violência de seu grupo. Culpou-se também pelo silêncio, nada o impedira de gritar para que ajudassem o garoto espancado ou de pelo menos ralhar com seu agressor. Era como se a violência entre aquelas crianças acontecesse num outro mundo, distinto, como se os vidros do ônibus as transformasse em meras imagens em um televisor, ou, ainda pior, como se os envolvidos não fossem seres humanos, e sim uma matilha de animais. Seja como for, um acontecimento que nada significava para aquele grupo de homens, cada um envolto em seus próprios pensamentos e interesses. No entanto, relembrando os rostos que o circundavam, vislumbrou que talvez outro sentimento poderia tê-los contido ou alienado. Não fora o descaso, e sim o medo.

Pensar nessa possibilidade o mergulhou em profundo vazio. Uma turma de homens crescidos receando meia dúzia de crianças pequenas e desamparadas, ainda que armadas com pequenos tocos. Mais que nunca, a capital lhe parecia um labirinto insondável, a vida das pessoas regidas por regras que pouco se assemelhavam às que conhecia na diminuta Curva do Alto.

Quando Francisco trouxe o pão, ele observou que o filho da dona da pensão era pouco mais que uma criança. Levando e trazendo embrulhos suspeitos, sondava um futuro na ilegalidade e rascunhava, muito mais novo, o mesmo destino de Estevão. Pensou, então, que precisaria fazer algo também pelo adolescente. Passou a perguntar-lhe pelos estudos e até mesmo sugeriu que ele não acompanhasse mais certas pessoas com quem convivia. Francisco ouviu tudo com paciência e nada respondeu. Mas nos dias seguintes, estava sempre na frente da pensão junto com Zulu. E os pacotes surgiram outras vezes, nas mais variadas formas e tamanhos. Todos fechados. Todos secretos.

15

Estevão se assustou ao ver o pai diante de sua casa. Antonio não caminhara para abraçá-lo como das outras vezes. Apenas esperara, sem sequer acenar para que o filho o procurasse. Olhando todos os lados como se temesse ser flagrado, Estevão perguntou ao pai como ele chegara até sua casa e por que, afinal, não regressara a Curva do Alto.

— O desgraçado do Francisco falou que eu moro aqui?

— Não.

— Acho que ele nem mesmo sabe disso. O Zulu não ia dizer pra ele. O que você faz aqui, pai? Volta pra casa.

Antonio não respondeu, e o silêncio perturbou Estevão. Intimidado pela ausência de palavras, ele o chamou para se assentarem no bar, ainda vazio no meio da tarde. Ao fim de mais algum tempo de silêncio, ouviu Antonio dizer-lhe que conhecia suas atividades, embora não pudesse defini-las com exatidão.

— Meu lugar não é aqui, Estevão. Mas o seu também não. Eu e sua mãe sonhamos outra coisa pra você. Vamos embora comigo.

Estevão riu ao escutar o pai. Desculpou-se por destratá-lo com ironia, mas logo voltou a sorrir. Mais do que incomodá-lo, os apelos de Antonio o divertiam. Soavam-lhe tão distantes da realidade que não valia a pena nem discuti-los. Depois que o pai terminou, tentou explicar por que não havia mais sentido para Curva do Alto em sua vida. Transcorrida uma hora inteira, desistiu e se ofereceu para levá-lo de carro até em casa, mas ele não queria, preferia andar sozinho ou pegar um ônibus.

Estevão não voltou mais à pensão, mas Antonio não se decidiu pela partida. Acreditava que o tempo regaria a semente que plantara naquela tarde no bar. Enquanto isso, a vida à sua volta também se transformava. A moça foi a primeira a se mudar. Outros, com os quais Antonio pouco conviveu, também partiram. A pensão fecharia em breve, diziam, e melhor seria todos arrumarem logo um novo lugar. Madalena procurava outro imóvel nas imediações, mas o valor da indenização era insuficiente para comprar uma casa semelhante. Um clima de abandono começava a infiltrar-se nos cômodos do sobrado, em sintonia com a vasta área de escombros que as pás das escavadeiras recolhiam diariamente e jogavam nas caçambas dos caminhões.

Um dia, Antonio bateu à porta do quarto de Aurélio, que a abriu com um ar sonolento antes de convidar o colega de pensão para entrar. Aurélio se sentou na cama, se espreguiçando, e, então, encarou Antonio quando percebeu que este permanecia parado no meio do cômodo, o rosto expectante, como se não soubesse o que dizer.

— Algum problema, Seu Antonio?

E em seguida apontou a cadeira, convidando-o a se sentar. Mas o homem permaneceu no mesmo lugar, esfregando as mãos.

— Você tem a enciclopédia aqui com você?

Aurélio fez uma expressão de estranhamento, mas respondeu rapidamente.

— Tenho um exemplar de cada volume aqui comigo. Ganhei num sorteio que a firma fez entre os vendedores de rua. O senhor quer ler a enciclopédia? Pode ser meio chato, é quase como ler um dicionário, interessa para quem está procurando alguma coisa específica, talvez para fazer um trabalho escolar.

— Eu estou procurando.

— Ah é? Isso é novo. O que o senhor está procurando? — Parecendo acordar de repente, Aurélio se levantou e caminhou até uma estante de madeira, onde se amontoavam algumas pilhas de livros diversos, e numa prateleira, se enfileiravam os volumes idênticos da enciclopédia. — Qual letra o senhor quer?

— B.

— B? Não sei o que haveria na letra B que tivesse relação com Estevão, a única coisa em que o senhor consegue pensar. Seria Belo Horizonte? Não vai achar na Enciclopédia muito mais coisas do que eu posso te dizer agora.

Antonio se assentou na cadeira e olhou para o homem que já começava a se tornar um amigo.

— Borboleta.

Aurélio começou a rir. Mas parou subitamente, um pouco sem graça.

— Desculpe, Seu Antonio. Não quis ofender. Mas para que o senhor quer ler sobre borboletas? Bom, isso não é da minha conta.

E imediatamente foi puxando um dos volumes, deixando uma fratura no painel uniforme dos volumes da coleção. Na estante, pareceu que se rompera o fio prateado que bordeava cada lombada e se lançava em direção ao livro seguinte, como se fosse um traço único atravessando todo o espaço da prateleira. Aurélio segurou com firmeza o pesado livro e o estendeu para Antonio.

— Está aqui. Pode ficar o tempo que precisar. E boas pesquisas sobre as borboletas.

Antonio agradeceu e voltou para seu quarto, o volume seguro como uma preciosidade, e passou o resto do dia lendo sobre asas e escamas, admirado com as fotos dos delicados insetos, que brilhavam no papel como pequenas tapeçarias de cristal. No dia seguinte, devolveu o livro a Aurélio e foi se sentar dentro do borboletário, dedicando as horas a apenas olhar o coleio trepidante das borboletas à sua volta. Quando saiu, já era hora do almoço e por alguns instantes ele se sentiu outro homem. Mas em pouco tempo a sensação se dispersou e ele percebeu que nada havia mudado, que nada mudaria novamente.

Barnabé ainda ficou um bom tempo na pensão. Mas Antonio não mais se aproximou dele desde a manhã em que o vira no centro, no interior da lanchonete. Barnabé não o notara e se dirigira a um homem vestido com terno e gravata que lia um jornal e bebericava uma xícara de café. Sem chegar muito perto, Antonio vira Barnabé colocar a mala no chão e dizer ao homem "preciso de dinheiro pra comprar passagem e voltar pro interior, me ajuda, não tenho pra onde ir e fico andando com essa mala por aí". Antonio o seguiu a distância, e, repetidas vezes, ele repetiu a mesma cena. Afastando-se sem procurá-lo, Antonio pensou que em sua própria família já transitavam enigmas em demasia para que se ocupasse com os dos outros.

Alguns dias depois, Francisco veio contar-lhe que soubera uma novidade a respeito de Barnabé. Quando ele chegava à pensão machucado, era ele mesmo quem tinha pago a Zulu, o rapaz da moto, para dar-lhe alguns tabefes na esquina, ajudando-o assim a livrar-se das mensalidades na pensão.

Mas se muitos consideravam Antonio quase um lunático pela obsessão de resgatar o filho, ao mesmo tempo, ele os atraía, aos seus olhares e às vozes, à sua companhia e aos segredos. Foi assim que o mesmo Barnabé o cercou numa tarde à porta da pensão, a mala depositada na calçada, e revelou sem mais nem menos os caminhos da vida que o tinham levado até aquela manhã. Largado em casa pela mãe, que fugia dos tapas e socos do marido, fora criado por um pai ausente e violento. Enfim criara coragem para seguir os passos da mãe e desaparecera mundo afora, em busca de um novo sentido para a existência. Vagueara pelas ruas e albergues, a polícia o recolhera para os centros de guarda e recuperação de menores, de onde escapara sem ser contaminado pelo hábito de empunhar revólveres e facas. Procurara emprego, mas a passagem pelas instituições de menores o desabonavam, e ele começara a pedir dinheiro. Contava longas histórias, sempre fora bom para inventar casos e adorná-los com detalhes convincentes, e as pessoas se apiedavam, deixando-lhe às vezes um trocado, às vezes um maço de dinheiro, que o ajudavam a sobreviver semanas inteiras. O tempo passara, ele envelhecera, e agora estava ali conversando com Antonio antes de partir para o centro da cidade, onde iria desaguar seu manancial de histórias, sensibilizando idosas carentes e homens cheios de culpa por circularem bem vestidos em meio ao crescente turbilhão de maltrapilhos. Desde já, Barnabé pensava nas histórias que inventaria, sempre buscara acrescentar um detalhe novo ao drama que narrava, isso o prevenia do risco de abordar a mesma pessoa de algum dia anterior. E no entanto, pensava, a sua própria história já era um drama em si, mas que a ninguém sensibilizaria.

— Por que estou contando tudo isso pro senhor? Quer saber por quê? Porque eu sei que o senhor me viu na rua um dia contando uma das minhas mentiras para alguém.

Antonio não disse nada, apenas balançou a cabeça numa expressão vaga que poderia ter qualquer sentido.

— Mas é a tal coisa — prosseguiu Barnabé. — Eu posso estar mentindo pro senhor agora também. Às vezes me pergunto se não minto pra mim mesmo o tempo todo.

Pegando a mala, desceu a leve inclinação da rua.

— Até mais.

Antonio ficou algum tempo olhando Barnabé caminhar rumo ao movimento da avenida. Então voltou para dentro e procurou um copo de café. Não pensou mais no assunto, retornou aos pensamentos de sempre, acerca do que fazer com o filho Estevão. Mais tarde, chamou Francisco para verem fotografias em seu quarto. Espalhou sobre a cama um painel de retratos de Curva do Alto. Fotos da família, de Estevão em todos os tamanhos ao lado dos pais, dos antepassados com as roupas e expressões de um tempo perdido. E fotos de outras pessoas da cidade, tiradas nos anos recentes, a praça da matriz, as lojas da rua principal, o dono do armazém, a fábrica de cimento abandonada na encosta de um morro. Ficaram algum tempo folheando as fotografias, e Francisco, jocoso com as poses de Estevão, perguntou a respeito dos costumes que preenchiam os dias da cidade. Ao sair do quarto, comentou:

— Só tem velho nessa cidade?

Antonio suspirou:

— Os novos vão tudo embora.

Antes, Francisco falara das lembranças de seu passado recente. Contara dos campinhos de futebol que se alastravam, até pouco tempo, por toda Belo Horizonte. Ele crescera na Pompeia, no lado oposto da cidade. Nos finais de semana, meninos de bairros diferentes se defrontavam, a bola entre eles, na vastidão de um gramado. Desde então, os campinhos estavam sumindo, preenchidos por prédios altos, cheios de janelas iguais por onde as pessoas olhavam outras pessoas que, de longe, também pareciam iguais entre si. Antes, havia os jogos de botão, as bolas de gude, os carros de rolimã desafiando o ralo tráfego de automóveis, as pipas atravessando o céu. Francisco lembrava-se das pessoas conversando nas esquinas, na barbearia, na padaria dos italianos no início da rua, cadeiras colocadas na calçada nos dias de muito sol. Eram coisas que estavam desaparecendo, e não apenas porque Francisco crescia.

— Parece que não sou eu que estou deixando essas coisas pra trás. Parece que elas é que não querem mais me acompanhar.

Francisco fechou a porta ao sair. Antonio recolheu devagar as fotografias e as guardou no fundo da mala. Desceu para a rua, encontrou Francisco terminando de armar um papagaio de papel. O garoto deixou o losango vermelho, a cauda de argolas em papel de seda, subir com a força do vento até tornar-se um ponto colorido sob o branco das nuvens. Antonio pediu para segurar o carretel de linha e andou, depois correu pelo quarteirão afora, alheio às teias elétricas ligando os postes, que poderiam legar um choque fatal ao seu brinquedo, e à roleta-russa dos carros que surgiam de tempos em tempos no cruzamento das ruas. Lá no alto, a pipa deslizava como se fosse seguir rumo à silhueta dos edifícios no centro, lançando um traço vermelho contra o muro sombrio de concreto e fumaça.

16

Pontos brilhantes escorriam pelo céu. Polvilhavam de luzes a tela escura que encobria os prédios. Efêmeros cometas dissolviam-se acima da massa sombria dos edifícios. Da janela do táxi, Antonio olhava as cascatas luminosas dos fogos criarem um falso firmamento, muito abaixo das galáxias e constelações. Quase não transitavam carros nas ruas e o táxi podia mover-se com agilidade, parando somente um instante nos semáforos que encontrava vermelhos.

— Feliz ano-novo — dissera Antonio ao embarcar, mas o motorista o olhara lacônico e apenas repetira:

— Feliz. Pra onde?

Antonio ficara zanzando no centro até tarde, sentara-se num banco da praça Sete, mas os vultos soturnos que às vezes vinham caminhando em sua direção o fizeram desistir de ficar sozinho nas ruas que se esvaziavam devagar e, depois, mais rápido à medida que os relógios se aproximavam do ano seguinte. Ele não queria passar o réveillon na pensão, sentado na beira da cama em seu quarto, olhando a lâmpada pendurada no teto. Madalena e Francisco tinham ido cedo para a casa de parentes no bairro da Pompeia. Cada hóspede encontrara algo para fazer no réveillon e ele sobrara sozinho. Deram-lhe a chave da pensão quando todos partiram e ele se assentara na cama, abrira a janela e olhara as silhuetas dos prédios no centro. Ficara à espera da passagem de ano. Como se algo novo ou diferente lhe esperasse no outro lado das fronteiras do tempo. Bobagem, tudo era apenas uma continuidade, e somente as manias humanas de classificar as coisas ao redor estabelecia os limites entre os dias e os anos. O próprio tempo não existia. Que se rasgassem as folhas dos calendários, os riscos nos círculos dos relógios, e restariam unicamente as referências do dia e da noite, dos giros da lua no céu, das estações alternando chuvas e ventos, frio e calor. O resto se resumia a mera imaginação.

No entanto, ainda havia a mágica. O movimento das mãos de um prestidigitador, girando em torno de cartolas imaginadas, pontuando os momentos com pós e poções que não se via, mas que atravessavam as paredes do coração. Truques cintilando em olhares, explodindo na malha colorida dos fogos de artifício. Dedos invisíveis tocavam a superfície dos fatos e davam-lhes um novo brilho, uma luz que os transformava. O réveillon era apenas uma noite. Mas uma noite com brilho. E Antonio não queria ver esse brilho sozinho. Telefonara para Estevão, mas ninguém atendera. Passara uma hora em pé frente ao que supunha ser sua casa, mas não percebera um movimento sequer. Do bar vizinho, alguns homens o olhavam com insistência, e Antonio se perguntava se seriam alguns dos companheiros do filho. Mas não os abordara. Simplesmente aguardara imóvel junto à esquina e depois partira, andando pelas ruas já escuras do bairro, até tomar o ônibus e regressar ao centro.

Mas, no final das contas, não cruzava solitário a passagem entre os anos. Tinha ao lado o desconhecido motorista do táxi, que nem ao menos lhe dirigia a palavra, e mal parecia saber que se iniciava um novo ciclo de meses. Olhos fixos nas ruas, ele mergulhava no som sincopado que nascia do rádio, as vozes melífluas de homens cantando em inglês, a batida monótona de uma bateria. Antonio sentia um princípio de sono sob o acalanto da música, a toda hora indo e vindo o refrão incompreensível:

Staying alive, staying alive.

Embora não soubesse o que diziam na canção, que fazia o motorista marcar o ritmo com as mãos no volante, Antonio sentia-se bem ouvindo as vozes no rádio. Ante o silêncio do chofer, era ao menos uma voz, e ele tentava extrair dali a impressão de não estar sozinho na noite de ano-novo. Na verdade, era com eles, os cantores, que passava o réveillon de 1980.

No céu, os foguetes iam rareando, embora ainda fossem visíveis as nódoas brancas em pontos esparsos da cidade. Quando o táxi parou diante da pensão, quase não se ouvia mais o espocar dos rojões, e Antonio disse a si mesmo que o novo ano tivera início, o instante mágico já se dispersara. Assim, não sentiu nenhuma angústia em especial ao girar a chave da casa escura, encher uma xícara de café morno e subir para o quarto. Na cozinha, deparou com um vulto, Aurélio, debruçado sobre a mesa, dormindo ao lado de uma garrafa de cachaça vazia.

Antonio se deitou com a luz apagada e tentou dormir. Apesar do café, sentia sonolência, um peso que forçava suas pálpebras para baixo. Entretanto, não conseguia penetrar no manto do sono. Algo o mantinha na superfície, oscilando entre a inconsciência e o fluxo normal dos pensamentos. No conflito, surgiu a pressão da enxaqueca. Pensou em levantar-se, mas a súbita fraqueza não permitiu. Onde estaria Estevão nessa noite? Andava com seus companheiros por algum bar, aninhava-se nos braços de uma namorada, ou de uma prostituta, ou, indiferente à magia dos fogos, comparecia para os negócios no terreno abandonado? Aliás, por que iam sempre àquele lugar; o que faziam num lugar baldio que não pudesse ser resolvido em qualquer outro ponto da cidade?

Desde a tarde em que conversaram longamente no bar, não tornou a encontrar-se com o filho. Ele desaparecera de novo como se fosse um mágico elusivo, hábil nas práticas de esconder-se mundo afora. Não de adversários ou da polícia, mas do próprio pai.

Assim, foi com surpresa que, no dia seguinte, ouviu Francisco contar-lhe que trazia um recado de Estevão. Seu filho não queria ir à pensão. Tinha problemas com alguns conhecidos e preferia não frequentar os lugares onde costumava ir, nem mesmo estava dormindo na própria casa. Antonio se inquietou, mas Francisco não deu atenção para suas preocupações e somente acabou de transmitir o recado.

— Ele falou que vai te encontrar na porta de um cinema. Vocês entram lá dentro e conversam. Sabe onde é? Eu ensino.

— Ele quer conversar comigo? Falar de quê? Qual cinema?

— Sei lá, Seu Antonio. Só estou dando o recado. — E estendeu um pedaço de papel de embrulho, anotados à mão um dia, um horário e o nome Cine Jacques.

— Onde fica isso?

— Na rua Tupis, perto da praça Sete, sabe onde é?

— Sei.

— Se não souber, eu ensino.

— Eu sei.

Antonio não deu conta do dia. Recusou o almoço, ficou manhã e tarde assentado no degrau da entrada da pensão, esperando ansioso a chegada da noite para se encontrar com Estevão. Foi ao quintal, apanhou as ferramentas de Madalena e cavacou o canteiro de verduras, encontrando junto às folhas o corpo maleável das lagartas. Concentrado nos pensamentos, quase tocou-lhes com a mão o corpo ardente, as fiações e protuberâncias prontas para queimar como o fogo. Terminou o serviço e sentou-se na poltrona em frente à televisão. Assistiu aventuras juvenis na Sessão da Tarde, mergulhou em desenhos animados como se fossem dramas reais, buscou fugir de si mesmo. Incapaz, atravessou parte da tarde rodando o chapéu entre os dedos, os ponteiros do relógio conduzindo-lhe a existência.

Não lhe causava ansiedade apenas o reencontro, mas saber que o filho vivia alguma situação de ameaça. Talvez fosse a hora de insistir para que voltassem a Curva do Alto e, desse modo, dedicou o resto do tempo a enfileirar argumentos para convencer Estevão. Desceu mais cedo para o centro, comprou um jornal, que leu sentado na praça Sete. A notícia de ladrões achados mortos, ao lado dos bilhetes de um misterioso bando de extermínio, cuja origem o jornal atribuía a membros da polícia, deixou-lhe ainda mais tenso e aflito pelo encontro.

Meia hora antes do combinado, parou na porta do cinema. Ao seu lado, formou-se lentamente uma fila que se contorcia até o guichê da bilheteria. As pessoas compravam as entradas, desapareciam depois de uma roleta, e a fila, devagar, foi se extinguindo sem que Estevão chegasse.

Num canto do amplo hall, Antonio comprou um pacote de pipocas, que mastigou devagar, tentando enganar a percepção da passagem do tempo. O filho já estava trinta minutos atrasado.

Quando começou a nova sessão, outra fila se formou e se desmanchou e o hall voltou a ficar vazio. Antonio andou junto aos escaninhos na parede, a fila de cartazes envidraçados mostrava os filmes em exibição em outros cinemas e aqueles programados para as semanas seguintes. Um homem dançava sob um mosaico de luzes, um grupo de jovens segurava estranhas espadas luminosas, campesinos caminhavam de braços erguidos. Nada fazia sentido para Antonio, mas ele precisava ocupar a mente, senão o ritmo do coração acelerado, mais premente que os tambores da bateria no rádio na noite anterior, derrotaria sua habilidade para se controlar. As hipóteses trágicas sucediam-se no fundo de sua imaginação. Quaisquer explicações podiam explicar o atraso de Estevão, mas Antonio optava pelas piores. Duas horas depois do horário acertado, ele poderia partir, supondo que o filho desistira de encontrá-lo ou tivera algum obstáculo que o impedira de ir ao cinema.

Mas Antonio não ia embora. Continuava à espera três e quatro horas mais tarde. O tráfego na rua se reduziu bastante e a última sessão absorveu todas as pessoas que entraram no hall. Um grupo de jovens veio andando e parou diante de um dos cartazes. Discutiram acaloradamente. Um deles, precocemente calvo, a barba esboçada, os olhos recuados pelas lentes grossas dos óculos, apontou os personagens desenhados, o homem de máscara e roupas negras no poster, as espadas coloridas e luminosas, e se voltou para um colega, alto e magro, óculos quadrados, o rosto imberbe:

— Não sei como você gosta dessas coisas.

— É tão bom quanto os filmes europeus de que você gosta.

Os outros se envolveram na discussão, que Antonio acompanhou desinteressado, ouvindo fragmentos de palavras que nada lhe diziam: Hollywood, George Lucas, Goddard. Mas em pouco tempo os jovens também seguiram pela rua, gesticulando exaltados, as mãos carregadas de livros, e desapareceram na esquina mal iluminada. Antonio ficou se perguntando quem seriam. Concluiu tratar-se de mais um punhado de gente estranha dessa cidade que cada vez menos conhecia.

Um empregado avisou-lhe que puxariam as grades para fechar o prédio do cinema. Ele entrou na lanchonete ao lado, onde os preços o espantaram. Andou sem rumo pela cidade, buscou a rodoviária pensando em comprar outra passagem para Curva do Alto. Mas o guichê da empresa já estava fechado. Continuou até a estação ferroviária, a escuridão cobrindo o prédio antigo e os vagões adormecidos sobre os trilhos. Resolveu seguir para qualquer lugar. Entrou numa rua, depois em outra, em mais outra, e não tinha mais ideia de onde se encontrava. Parou no meio de uma ladeira e começou a atravessar a rua. Em volta, casas elegantes, muros altos e amplos encobriam piscinas e jardins.

Ouviu o freio de um carro que derrapava nas proximidades. No alto da ladeira, o reflexo das luzes cintilava no para-choque metálico. O automóvel não reduziu ao virar a esquina e desceu pela rua em sua direção. Se o motorista o notasse naquele momento e tentasse acionar o freio, não haveria tempo para que parasse. O carro não deu mostras de que seu condutor tivesse percebido a presença de Antonio ou se importado com ela.

Antonio pressentiu o baque antes mesmo do automóvel, em desvairada velocidade, lançar o facho dos faróis nos muros da esquina, e se jogou estabanado no meio-fio. Quase caindo sobre a calçada, sentiu o deslocamento de ar que os pneus lançaram sobre suas pernas enquanto desciam velozes rua abaixo.

Ele quase voltou para pegar o chapéu, tombado no calçamento, mas se conteve em novo lampejo de intuição. Apoiado no braço, chegou para o canto e se recostou na parede. Ouviu de novo o cantar de pneus no alto do quarteirão, como um eco tardio do automóvel cujas luzes traseiras ainda brilhavam na quadra seguinte. Mais um carro surgiu na esquina e, tão apressado quanto o primeiro, cruzou a transversal sem reduzir a velocidade. Os pneus roçaram a aba do chapéu, que flutuou alguns centímetros soprado pelo deslocamento de ar.

Em algum ponto no final da rua, os dois carros se emparelharam e, assim, convergiram para a avenida. Mais tarde, relembrando os dois automóveis em trajeto gêmeo, Antonio concluiu que não fugiam nem perseguiam um ao outro. Reconstituiu na memória o rosto dos motoristas, entrevistos no instante de pânico, e eles sorriam como se disputassem um jogo. Antonio deduziu que travavam alguma corrida pelas ruas do bairro, indiferentes se pessoas alheias ao seu brinquedo se interpunham no trajeto.

Ofendido, irritado, humilhado, ele se preocupou em recompor-se logo e sair dali antes que os carros voltassem, quem sabe dispostos agora a ocupar também o espaço das calçadas. Uma dor percorreu a perna esquerda quando tentou caminhar, mas ele conseguiu dar alguns passos. Não quebrara nada nem se ferira, os músculos apenas pareciam ter se confundido numa torção. Olhou em volta para confirmar se os carros não retornavam, apanhou o chapéu e atravessou a rua. Descendo lentamente a ladeira, Antonio se perguntava se conseguiria chegar na pensão e quanto tempo levaria para isso acontecer. Conferiu no bolso se tinha dinheiro, mas não encontrou nenhum táxi parado nos pontos por onde passou. Cochilou no ponto do ônibus à espera de um coletivo, que demorou uma hora inteira para chegar.

E mais uma vez se perguntou por qual razão continuava naquela cidade. E mais uma vez ouviu dentro de seu peito a resposta. *Porque tenho um filho, um único filho, que me recuso a perder. Principalmente porque não compreendo quando foi que o perdi.*

17

Quando voltava para a pensão, Antonio se encontrou na entrada com Aurélio. O companheiro de hospedagem estava parado junto à porta, encostado na parede, o olhar fixo em algum ponto distante na rua já quase deserta.

— Vamos dar uma volta, Seu Antonio?

Um pouco ofegante ainda, ele balançou a cabeça.

— Obrigado. Já tive o bastante por hoje.

Mas Aurélio passou o braço em torno de seus ombros e o puxou consigo calçada afora.

— Que nada. Hoje o senhor vai comigo.

— Aonde?

— Para a noite adentro.

Algum tempo depois, pararam num bar nos arredores do Centro. Em volta, mulheres de decotes largos e restritos saiotes. Antonio caminhava como se atravessasse um mundo irreal. Não se considerava, claro, um inocente com tantos anos de vida. Havia prostíbulos em Curva do Alto e redondezas, e ele mesmo já bebera copos de cerveja em armazéns decrépitos e empoeirados. No entanto, naquela cidade, tudo isso formava um conjunto diferente daquele ao qual se habituara. Talvez fossem as luzes, a claridade difusa ocupando a frente das lojas fechadas e o vácuo sob as marquises cheias de letreiros desligados. Talvez fossem os sons onipresentes do trânsito preenchendo o espaço que, em sua cidade natal, seria dos insetos e aves da noite. Talvez fosse a concentração, em excesso, das coisas que Antonio conhecia em doses menores e mais simplificadas. Excesso, essa a palavra, ele intuía enquanto percorria a rua Guaicurus. Excesso, repetia para si mesmo num murmúrio inaudível.

Sentaram-se em torno de uma mesa vazia. No balcão, três homens bebiam um líquido transparente — pinga, Antonio constatou — e olharam fixamente seu paletó social puído pelo tempo, o chapéu amassado nas bordas depois do incidente com o pega dos automóveis. Antonio os olhou de volta, o rosto transparecendo inquietação e deslocamento. Um dos homens ergueu o copo num brinde e o virou na boca de uma vez.

— Liga, não — disse a Antonio, a voz arrastada, vindo de outra dimensão, tão estranha quanto essa noite onde Antonio transitava como um passageiro —, a gente fica aqui só bebendo... só bebendo... — Ele se interrompeu como se pensasse no resto da frase e continuou somente depois de um minuto. — Mas a gente é gente boa...

Antonio não respondeu. Meneou a cabeça, cortês, e voltou-se para Aurélio, que pedia uma garrafa de cerveja e um copo de cachaça. Antonio aceitou a cerveja, declinou a cachaça. Chapéu no colo, esperou as palavras do homem que o convidara para um passeio, que lhe parecia sem nexo, pelas ruas obscuras do Centro.

Aurélio alternou as duas bebidas e encarou Antonio, os olhos vermelhos, a face corada pelo álcool.

— Quer saber a verdade, Seu Antonio?

— De quê?

— Quando era mais novo, eu queria ser escritor. Rabiscava histórias em papel de pão, nos cadernos da escola, nas notas de dinheiro. Mas depois que cheguei na maioridade e me mudei para Belo Horizonte, eu precisava sobreviver. E procurei emprego em algum lugar que tivesse algo a ver com livros. Estive numa livraria, numa encadernadora e hoje vendo enciclopédias. Que são boas, mas não famosas, e daí é mais difícil conseguir vender. Ainda espero achar um emprego num jornal.

— As coisas nunca são o tempo todo como a gente quer.

Aurélio riu em voz alta.

— O senhor devia escutar o que falou. Quem sabe desistia desse caso do Estevão. Quer saber duma coisa? Eu podia escrever uma história sobre esse seu caso. Podia fazer um texto falando do sistema e usar o Estevão e o senhor como um exemplo. Quem sabe algum jornal ia se interessar. Ou melhor, não. Os leitores não iam querer saber da sua experiência. Ninguém ia querer saber disso, Seu Antonio. Porque existem milhares de histórias iguais a essa. E todas já foram contadas. Aqui, ali, nas conversas, nos jornais, nos folhetins, nas novelas da televisão. Daí eu acho que o senhor devia esquecer tudo, desistir de vez e voltar para casa. Tem horas que o senhor me irrita. Desculpa dizer isso, mas às vezes o senhor me parece a imagem da burrice. É o lugar-comum em pessoa, com essa insistência em salvar o Estevão.

— Eu não posso.

Aurélio inclinou o copo de Antonio para que a espuma da cerveja não o ocupasse por completo.

— Tem quanto tempo que o senhor chegou em Belo Horizonte? Três meses? Quatro? Não, o senhor já estava aqui na festa da Dona Madalena, na festa junina, não estava?

— Nove meses.

— Passou num estalo.

— Nove meses. Passaram muito devagar, quase igual a uma gravidez.

— Que nada. Para mim, passou tão rápido quanto virar a página de um livro. — Ele fez uma pausa antes de perguntar: — Gosto da sua companhia, mas essa lenga-lenga precisa acabar, Seu Antonio. Até quando o senhor vai ficar aqui?

— Enquanto for necessário. — Ele rodou o copo entre os dedos, a unha aparada no limite, os frisos do vidro estalando sob a pressão, mas não tornou a beber. — Ou enquanto o dinheiro der.

— Ainda tem muito dinheiro? É da aposentadoria, né?

Antonio correu o olhar pelo estabelecimento como se alguém pudesse auxiliá-lo naquela resposta. Os homens no balcão ainda tomavam intermináveis copos de aguardente, mas não se interessavam mais pela mesa à qual Aurélio e Antonio se assentavam.

— Está quase acabando.

Aurélio bateu palmas e sorriu. Antonio o observou quase ofendido.

— Que maravilha. Enfim uma boa notícia.

— Me empresta de novo o livro da enciclopédia? Quero ler mais sobre as borboletas.

— Está pensando em vender aqueles quadros horríveis com borboletas mortas espetadas?

— Pensei nisso. Fico com pena dos bichinhos. Mas é bom ler aquele livro falando das borboletas. Parece que compreendo eles melhor depois que leio.

— Acho que sei por que o senhor se interessou pelas borboletas. Quem sabe no seu subconsciente elas sejam como uma metáfora da sua vida e da vida do Estevão.

— O que é uma metáfora?

— É quando eu falo uma coisa comparando com outra. Quer dizer, não é exatamente isso. Deixa para lá, Seu Antonio. Pode pegar o livro comigo quando quiser.

Nesse momento, uma mulher desconhecida chegou na porta do bar, examinou o ambiente, caminhou até a mesa de Aurélio e Antonio e os observou de perto, por trás do rímel em excesso, da crosta de batom sobre os lábios. Riu em voz alta, olhando os dois homens alternadamente.

— Quem vem primeiro? — perguntou. — Ou querem vir os dois juntos?

18

Denominação dos insetos lepidópteros, à qual pertencem tanto as borboletas quanto as mariposas. Por meio de metamorfose, atravessa diferentes estágios em sua vida. Seus ovos dão origem à larva, ou lagarta, e posteriormente assume a forma de ninfa, sendo chamada de crisálida (também denominada pupa). Ao alcançar a fase adulta, passa a ser denominada borboleta (também chamada imago) ou mariposa. A primeira possui hábitos diurnos, e a segunda, noturnos. A forma de movimentação de suas asas também as distingue. Quando paradas, as borboletas sustentam horizontalmente as asas, cobertas de escamas, e as mariposas o fazem na posição vertical. Alimentam-se de néctar, ou eventualmente de outros líquidos, usando para isso o aparelho bucal que se assemelha a uma fina tromba.

Antonio fechou o livro e caminhou até a janela. Lá fora, sob a teia quase invisível de fumaça, que parecia vir de todos os lugares e de lugar nenhum, um pássaro pousava na fiação entre os postes. Antonio ficou ali um longo tempo, à espera de que a ave decidisse voar novamente. Mas ela não se moveu. Talvez tivesse adormecido. Ou então foi Antonio que dormiu em pé, recostado no gradil de madeira, e tudo aquilo fora um sonho: o pássaro, a fumaça, aquele quarto, o filho que ele não conseguia tocar novamente, a própria vida. Por fim, retornou à cama onde repousava a enciclopédia e continuou a ler.

Com suas cores exuberantes, consegue ao mesmo tempo se camuflar e afastar predadores, uma vez que muitas borboletas coloridas são venenosas. Algumas imitam olhos no desenho de suas asas e, com isso, confundem eventuais agressores, como os pássaros, que as bicam nas asas e assim se desviam de seus corpos flácidos. Existem aproximadamente 150 mil espécies conhecidas no mundo. Podem viver de uma a dez semanas, conforme a sua espécie.

Quando olhou para a janela outra vez, havia ali um pequeno pássaro. Talvez fosse o mesmo dos fios, ou talvez não. Quem sabe não existira ali nenhuma ave. E Antonio somente imaginava o insosso pardal, penas cinza se camuflando entre os véus da poluição, nenhuma cor mais intensa, nenhum reflexo das luzes do dia, um ser sem atrativos, voando pelos muros e sombras à procura do aconchego nas escassas árvores da cidade. Mas que, não obstante, voava, saía em busca de alimentos entre as folhas e nas ilhas de terra que sobreviviam ao asfalto e se reproduzia gerando novos pardais. Enfim, ele vivia. Antonio o observou enquanto permanecia quieto no peitoril e, após alguns momentos, já o olhava sem ver, os olhos voltados para dentro, enxergando imagens de seu próprio passado, o trabalho consumindo os anos e a vida, a família se decompondo aos poucos, e então, em meio às imagens, volteou uma borboleta, as asas iridescentes subindo e descendo, um risco de luz atravessando seus sonhos e pesadelos.

> *As borboletas se acasalam no ar ou em galhos. Os machos se aproximam e movimentam as asas, lançando minúsculas escamas com feromônios sobre as antenas das fêmeas. Depois que elas estão excitadas pela substância, o macho introduz seu órgão reprodutor e libera o esperma, que se unirá aos óvulos dentro da fêmea, dando origem a um número de ovos que pode variar de 25 a 10 mil e são espalhados por lugares variados na natureza. Mas de cada cem ovos, somente dois conseguirão se transformar em borboletas adultas.*

Ele releu muitas vezes os tópicos da enciclopédia que falavam sobre as borboletas, fechado em seu quarto, assentado na cadeira de madeira já carunchada que ficava num canto colecionando teias, ou recostado na pequena cama, o colchão rangendo e ampliando as dores nas costas. Assim ele gastava seus dias amorfos, à espera de que alguma notícia do filho sumido o acordasse de novo para a vida.

Em outros desses dias, caminhava sem rumo pela cidade, buscando em meio à floresta de prédios ou aos bichos metálicos fedendo a óleo alguma centelha de esperança ou alegria. Às vezes ia para o Parque Municipal e se sentava de frente ao lago, olhando os patos e os barquinhos a remo, ou então parava diante dos brinquedos, o carrossel, a roda-gigante, vendo em cada criança que ia e vinha sorridente, sozinha ou com os pais, um retrato de Estevão quando menino.

Às vezes Francisco o acompanhava. Na maior parte do tempo, em silêncio. O rapaz parecia querer criar pontes com o homem, ou talvez aprofundá-las, mas seguiam cada um envolvido em seus próprios mundos, no máximo satisfeitos apenas com a companhia mútua, talvez um vestígio do afeto que começavam a criar em seu relacionamento.

Um dia, andavam pelo centro da cidade e Antonio parou de repente, o olhar fixo no horizonte. Então, apontou para o morro alto lá longe, entrevisto entre os prédios.

— A Serra do Curral? — indagou Francisco, mencionando a formação que se elevava ao lado da cidade como uma pequena muralha esverdeada.

— Como se vai lá?

— Quer ir até lá? Pode ser complicado.

Antonio apontou para a serra.

— Eu quero ir lá mais perto, pelo menos. Aquilo me lembra Curva do Alto. E quem sabe lá de cima eu possa ver melhor essa cidade que esconde o Estevão de mim. Essa cidade que engoliu meu filho.

Francisco pensou um tempo e, enfim, pediu que Antonio o acompanhasse. Pararam num ponto de ônibus, um monte de gente acumulada entrando e saindo nos veículos que iam passando e seguiam adiante. Antonio indagou se teriam de esperar muito tempo, e o rapaz lhe explicou que havia um ônibus exclusivo para percorrer a avenida extremamente reta onde se encontravam, cujo final ficava mais próximo de onde se erguia a serra.

— Lá no alto tem um mirante, de onde dá para ver bem a cidade, como o senhor quer. Não é na serra, mas é mais perto dela do que aqui nesse lugar onde nós estamos.

— Vamos andando — decidiu Antonio.

— Até lá em cima?

— Um pedaço pelo menos. Está com preguiça de caminhar?

Francisco se recompôs, ofendido pela comparação com um homem muito mais velho, e começou a caminhar pela calçada, fazendo sinal para que o outro se apressasse. Uma hora depois, a avenida continuava a se elevar, numa ladeira lenta porém interminável, e Francisco reduzia o ritmo, enquanto Antonio, à sua frente, parava muitas vezes para o esperar. Quando o adolescente se sentou num muro, exausto, Antonio deu mais algumas dezenas de passos, chegou até uma parada de coletivos, onde fez sinal para o ônibus depois de gesticular para que Francisco se levantasse.

Dentro do ônibus, Antonio ficou em silêncio, os olhos fixos na janela. Somente voltou-se para Francisco quando perguntou:

— O Zulu é o chefe?

— Chefe do Estevão? — Francisco gargalhou alto por alguns segundos. — Claro que não. Eu não sei quem é o chefe deles. Nem quero saber.

No mirante, Francisco acabou deixando Antonio para trás e voltou sozinho para casa, depois que se passaram quase duas horas e o outro não aceitava partir. Na verdade, Antonio ainda ficou até o anoitecer sentado naquela pequena área incrustada entre as ricas casas da região, rodeado de namorados que se abraçavam à espera do crepúsculo e depois se beijavam sob a escuridão recém-chegada. E o tempo todo Antonio olhava para o painel de edifícios e avenidas que pareciam pintados numa tela gigante à sua frente, somente o movimento dos carros quebrando a ilusão de imobilidade, como se esmiuçasse cada rua, cada janela das construções, tentando enxergar lá dentro a presença de seu filho Estevão.

Foi também numa dessas andanças, quando perambulava pela praça da Liberdade, a ilha de árvores longilíneas, cercada de belas construções quase seculares, a fila de coqueiros encaminhando os olhos para o palácio do governador e seus jardins, que ele descobriu a Biblioteca Pública e, dentro dela, muitos livros sobre as borboletas. Vários em outras línguas, ou textos científicos para ele incompreensíveis. Mas na maioria, ele se enfeitiçava pelas fotos e desenhos, especialmente os mais antigos, asas e escamas convertidas em traços e pinceladas, criando películas iluminadas sobre as páginas amareladas dos livros. E ele até mesmo as imaginava pousadas sobre o papel, as antenas minúsculas tremendo como se ansiosas ou aflitas, e depois as asas cravejadas de cores balançando levemente até que elas se erguiam, frágeis e majestosas, e o rodeavam como se ele próprio fosse uma planta, uma árvore, uma flor imóvel que apenas espera a passagem do tempo, das chuvas, da vida.

19

Semanas depois, bolas corriam no feltro verde, manada roliça em fuga para lugar nenhum, batendo nas bordas da mesa, ameaçando sumir no poço dos cantos. No meio delas, a linha dos tacos, tangendo-as, querendo guardá-las uma a uma no breu das caçapas. Em volta da mesa, como bolas extraviadas, Aurélio, o garoto Francisco e um terceiro homem que Antonio nunca vira.

Encostado no portal do bar, Antonio apenas observava o jogo de sinuca, embora, na verdade, a maior parte do tempo, mergulhasse nos pensamentos que se moviam em círculos à sua volta. Despertou quando Aurélio bebeu do copo de cachaça, o líquido um cristal liquefeito, e olhou em sua direção antes de golpear as esferas coloridas com a ponta do taco.

— Vou embora, Seu Antonio.

— Pra onde?

Aurélio bebericou no copo novamente.

— Não sei. Para a frente. Tem dois anos que moro na hospedaria de Dona Madalena. Agora vou para outro lugar. Antes que a pensão acabe, tenho que sair primeiro. Não gosto de estar nos lugares quando eles terminam. Além disso, eu me aposentei. Eles iam acabar me demitindo, já que eu vivia reclamando de tudo e cada vez vendia menos. Mas é a vida.

Antonio caminhou até o balcão. Aurélio moveu a cabeça na direção de um copo vazio, indagando se ele desejava beber algo.

— Vai pra onde? — insistiu Antonio.

Aurélio não respondeu, permaneceu imóvel debruçado em parte da mesa, o traço do taco estendido até uma das bolas. Ele a empurrou com toque firme e curto, e ela foi se chocando com uma bola e depois em outra, e todas se espalharam pela mesa. Duas mergulharam no fosso negro e circular que perfurava os cantos da mesa.

— A gente faz que nem essas bolas. Um para cada lado. Cada um para seu lugar. Para seu novo lugar.

Ele se empertigou, ainda segurando o taco, e olhou para o teto, pensativo:

— Mas acho que não vou para longe. Eles estão destruindo um pedaço, mas a Lagoinha é bem maior que aquilo que eles querem demolir. É um bom bairro, tradicional, antigo, complexo. Foi um dos primeiros de Belo Horizonte. Operários, arquitetos, artistas, sapateiros, alfaiates. Muita gente veio morar na região enquanto a nova cidade estava sendo construída, isso na virada do século. E muitos ficaram por lá. Talvez eu alugue um imóvel por ali mesmo.

Antonio sorriu e balançou a cabeça.

— Você me trouxe aqui pra dizer isso. Que você vai embora. E que talvez seja bom eu também ir pra casa.

Aurélio também sorriu.

— Não, Antonio. O senhor exagera a minha inteligência. Trouxe o senhor para fazer companhia. É a última tarde como seu vizinho. Não quer mesmo beber um pouco? — E lhe estendeu o copo, mas Antonio recusou com um menear de cabeça antes de se perder de novo no feltro obscuro de suas próprias reflexões.

Antonio via as bolas se espalhando no bilhar, as tacadas transformando a mesa num mosaico de cores que se mexiam a todo instante, cacos de um caleidoscópio aberto. Imaginava as pessoas andando no centro da cidade. Toda aquela gente parecia mover-se como as bolas, sempre se afastando, cada uma para um destino diferente. Um impulso para a dispersão, cuja natureza ele não conseguia alcançar. Aliás, que coisas fora capaz de compreender desde que chegara a Belo Horizonte? Estava num mundo mutante que um dia no passado, talvez, tivera laços com a realidade de sua cidade natal, mas que agora seguia rumo a destinos completamente distintos. Um mundo que se transformava todo o tempo.

Ainda moço, Antonio ganhara a vida numa fazenda, levando gado através dos campos, subindo morros, cruzando rios. Num desses cursos de água, vira nascerem redemoinhos que queriam absorver as reses e naufragar os homens. A cena das correntes desenhando círculos permanecera desde então em suas lembranças. E agora voltava, o rio substituído por uma cidade que se movia, carros e gente convergindo no vórtice onde caíam para depois serem expelidos.

Francisco o levara certa vez a um lugar onde as pessoas, por outro lado, se reuniam em movimento de gado sendo recolhido, todos se juntando no espaço circular de um estádio de futebol. Antonio ficara sentado mais de duas horas, em volta a multidão erguendo braços, gritando todo o tempo, e ele incapaz de se interessar pelo que faziam os homens de uniforme correndo lá embaixo no gramado do Mineirão, num balé em que não encontrava sentido. Fazia muito tempo que não mais se interessava por jogos. Estevão morava em Curva do Alto quando ele pisara pela última vez num campo de futebol, a vida convertida numa bola que corria e sugava a atenção de rapazes e homens feitos. Então tudo correra para longe e já não havia gols a almejar.

— Esquece o Estevão — comentou Aurélio, enquanto mirava duas bolas em linha reta com uma das caçapas.

— Tem jeito, não — respondeu Antonio, já se cansando da conversa.

Aurélio apoiou o taco no chão e escorou-se nele como se fosse uma bengala.

— Talvez a gente não se veja mais, Seu Antonio. Belo Horizonte é assim. As pessoas vão e vêm em volta da gente, e um dia elas se mudam e nunca mais sabemos dela. Acho que vai acontecer isso com a gente. Mas saiba que foi bom conhecer o senhor. É o maior cabeça dura que já encontrei. Mais do que eu. Mas foi bom a gente ter passado um tempo juntos.

E voltou a jogar. As bolas correndo sobre o feltro cariado, chocando-se umas com as outras, desaparecendo nos seis pequenos túneis em volta da mesa.

20

Sem ter notícias de Estevão desde o encontro frustrado no cinema, Antonio se aproximou do rapaz na moto, diante da pensão, e perguntou pelo filho.

— Não sei do que você tá falando — repetiu Zulu, monocórdio, antes de dizer que precisava ir embora, ligar a motocicleta e seguir rua abaixo para não mais voltar.

Antonio voltou para dentro da pensão cabisbaixo, abalado pela falta de perspectivas. Todos tinham saído, com exceção de Madalena, que, na cozinha, preparava o almoço. Ela o chamou. Disse que Estevão era moço feito, que Antonio cuidasse da sua própria vida. Madalena descascava uma cabeça de cebola e, em vez de parti-la em fatias, a desfazia em camadas. Ele a observou por um tempo, depois se cansou e retornou para a sala. Sentou-se numa cadeira, debruçou-se na mesa e teve a impressão de que iria chorar. Mas as lágrimas eram apenas um brilho que não se derramavam. Deslizavam sobre as pálpebras e desapareciam. Consumiam-se a si mesmas. Evaporavam.

Madalena se aproximou, fez um carinho em seus cabelos, apoiou-lhe a cabeça e, devagar, a puxou para que se aninhasse em seus ombros. Antonio não demonstrou resistências. Recostado na mulher, deixou as emoções se tornarem líquidas. Chorou em silêncio por alguns minutos. Quando ergueu a cabeça, Madalena buscou na geladeira uma garrafa de cerveja, dois copos e os trouxe para a mesa.

— Por que vocês chamam aqui de Lagoinha? — perguntou ele, apenas para dizer alguma coisa. — Já andei bastante por aí e não vi nenhuma água, só o ribeirão.

— Dizem que antigamente, muito antigamente, havia por aí pequenas lagoazinhas. E ficou o nome.

Antonio não quis beber, mas ela encheu os dois copos e estendeu um deles em sua direção. Ele o apanhou relutante e, olhos fechados, bebeu de um gole a bebida amarelada. Madalena começou a falar do próprio passado. Com seu silêncio, Antonio continuava a transparecer aos outros um permanente ouvinte, sempre disposto a escutar as histórias de vida, sobre as quais em seguida se calava, como um confessor ou como as páginas de um diário. Madalena contou-lhe desde quando saíra de Datas del Rey, pequena cidade na órbita de Diamantina. Deixara para trás os pais pobres, que, de vez em quando, encontravam rara pedra preciosa no garimpo e, por algumas semanas, tornava farta a mesa e um pouco menos vazio o guarda-roupas. Em Belo Horizonte, tivera o destino de tantas outras mulheres, levando na barriga o filho de algum moço que sumira tão rapidamente quanto surgira. Sem rumo, pensara em voltar para casa, mas o filho Francisco era uma benção que os pais não aprovariam. Andara a esmo pela casa de amigas, ameaçara sumir no sorvedouro dos homens que pagavam pela sua companhia, por fim conseguira emprego numa loja de tecidos. Matara-se de trabalhar e um dia se apaixonara pelo homem certo. Como único bem, ele tinha a casa na Lagoinha, que planejaram juntos transformar numa pensão. Mas um motorista inumano e seu carro apressado e cruel o levaram embora da existência ao cruzar a avenida Afonso Pena, e ela, novamente sozinha, decidira tocar adiante os planos. Não enriquecera com o negócio da pensão, na verdade, sempre sentira a ameaça da falência, mas conseguira sobreviver com dignidade. Então, chegaram os tratores, as dinamites e os planos dos arquitetos e políticos para assentar, no lugar das casas, o traçado amplo das avenidas e dos viadutos.

Antonio a escutou com atenção e, no final, pensou ser a sua vez de transmitir-lhe uma mensagem de ânimo, de crença no futuro. Mas ele não sabia o que dizer. Conseguiu somente falar de si mesmo e comentou que seu próprio filho não voltaria mais, que ele o afugentara na ânsia de protegê-lo. Envergonhou-se por não conseguir afastar-se dos seus problemas. Prendia-se cada vez mais numa espécie de egoísmo, uma das características humanas que mais repudiava. E essa descoberta serviu apenas para piorar a sensação de inutilidade que o invadia nas últimas semanas. Pediu licença a Madalena e subiu para o quarto, onde viu o resto do dia cruzar o espaço da janela, como um manto estranho que corresse por cima e através do bloco de edifícios.

21

O recado o pegou desprevenido. Francisco o chamou no quarto, batidas leves que traíam os cuidados filiais com que o garoto começara de novo a tratá-lo.

Francisco somente entreabriu a porta e falou um pouco sem jeito:

— O Estevão telefonou. Pediu pro senhor encontrar com ele nesse endereço aqui. — E estendeu um pedaço de papel.

A pequena folha pareceu a Antonio mera repetição de algo que já acontecera antes. Como entender por que o filho agora fazia esse jogo de atiçar-lhe a esperança e em seguida frustrá-la novamente? Quando marcara a ida ao cinema, a imaginação de Antonio lhe dissera que o filho enfim tinha resolvido ir embora de Belo Horizonte, mas ele nem ao menos comparecera ao encontro.

Melhor nas vezes em que Estevão simplesmente pedira ao pai que partisse sozinho de volta a Curva do Alto. Ele preferia o aparente descaso de antes ao desprezo dos encontros marcados que Estevão ignorava sem satisfações.

No entanto, as coisas mudaram completamente com a advertência do garoto.

— Ele pediu pro senhor levar a sua mala. E duas passagens pra Curva do Alto.

— O que quer dizer? — perguntou Antonio, inseguro. Não queria deixar a esperança ganhar espaço, pois temia o seu fim repentino. A quantas mortes a fé pode sobreviver?

— Acho que ele vai embora com o senhor.

— Eu não acredito.

Essa era a decisão pela qual Antonio esperara em cada minuto da permanência em Belo Horizonte. Porém, ela agora lhe parecia delirante. Não havia lógica na partida de Estevão. Não depois de tudo que acontecera. Curva do Alto era passado, Estevão lhe dissera mais de uma vez.

Mas Antonio não tinha opções. O impulso o puxava adiante e ele o seguiria. Arrumou a mala, despediu-se dos que restavam na pensão e foi embora para o encontro com o filho. Passou pela estação rodoviária, depositou a bagagem no guarda-volumes e comprou duas passagens para Curva do Alto. Na saída da estação, enquanto esperava aproximar-se a hora marcada, andou em meio à miríade de camelôs que enchiam quarteirões do Centro. Em alguns lugares, não sobravam passagens na calçada, e ele precisava seguir pelo meio da rua, alheio ao tráfego dos automóveis.

Antonio saiu dali e procurou o ponto do ônibus que o levaria ao bairro onde Estevão marcara o encontro. Seu filho estava escondido e sem dinheiro, Francisco lhe contara na saída da pensão.

— Escondido de quem?

— Dos amigos dele.

— Por que escondido? Não são amigos?

— Parece que ele fez alguma sacanagem com eles. Ou fez algo de que eles não gostaram. Eu não sei direito. Nem quero saber.

O ônibus deixou Antonio na periferia da cidade. Pessoas transitavam na calçada, enchiam as mesas dos bares, ou andavam para lá e para cá sem destino aparente. Consultando o pedaço de papel com o endereço, Antonio parou numa esquina, esperou encostado no poste, a luz banhando-lhe o chapéu antiquado e o puído paletó. As mãos esperavam vazias e sem ocupação, preparando-se para abraçar o filho e protegê-lo dos possíveis problemas em que se metera. Mas, por enquanto, sem terem a quem tocar, apenas se mexiam no ar, como fantasmas sob a luz do poste. Antonio olhou a placa com o nome da rua na parede de uma farmácia, agora fechada, a numeração das casas, confrontou com as informações no pedaço de papel, e confirmou que era mesmo naquela esquina que eles se juntariam novamente como pai e filho.

No fundo de um bar mais à frente, alguns rapazes brincavam em máquinas eletrônicas. Copos de bebidas circulavam em suas mãos e eles conversavam ruidosamente. Numa das máquinas, jogava um homem estranho àquele lugar, mas que não chamava a atenção dos demais. Protegia-se com uma jaqueta de couro da espécie de inverno temporão que cobria a cidade em pleno janeiro, as mãos enluvadas encontravam dificuldade para apertar os controles. No visor da máquina, bonecos passavam em fila enquanto o simulacro de um revólver, pilotado pelo rapaz, explodia tiros luminosos contra os pequenos alvos. O brinquedo, planejado para criar obstáculos aos jogadores, dificultava o acerto, os tiros se perdiam e os bonequinhos continuavam a viagem para o nada. Saíam de uma fresta no canto da máquina, seguiam pelo visor e desapareciam no extremo oposto. O homem atirava sem parar durante longo tempo, até que olhou as horas no relógio e foi embora. Na porta do bar, ele subiu em sua moto, o movimento das mãos no guidão expondo a pequena tatuagem com o nome "Zulu", e saiu rodando devagar pela rua cheia de gente.

Um dos jovens no bar ocupou seu lugar. Apertou o botão várias vezes, os tiros se perderam em estalidos metálicos. Quando pressionou de novo o gatilho, a luz que piscava no fundo da máquina registrou o instante em que o boneco tombou. Na mesma hora, o eco de um estouro susteve no ar a sua mão, surpresa com o som imprevisto, muito maior que o devido, espalhando-se pelo espaço do bar. O rapaz se voltou para a rua, onde as outras pessoas também procuravam a origem do estampido.

Lá fora, Antonio ouviu o tiro antes de afastar-se do poste. Viu de relance Estevão caminhar em sua direção, a maleta numa das mãos, a blusa pendurada na outra, olhando em volta como se temesse a aproximação de alguém. Então a motocicleta virou a esquina, e Zulu, sem sequer perceber a presença de Antonio, tirou um revólver de dentro da jaqueta de couro e o apontou para Estevão.

De longe, Antonio não notou reação alguma no filho. Nenhuma tentativa de fuga, nenhuma mudança na expressão do rosto ainda distante. Estevão apenas caiu ao receber o impacto da bala. Um tombo. Nada mais.

Sem raciocinar, por puro instinto, Antonio saltou para o meio da rua. Poucos metros adiante, Zulu fez uma curva com a moto e, ainda sem notar Antonio, que andava em passos trôpegos pelo meio da rua deserta, rumou diretamente ao seu encontro. Quando o viu, se assustou, e, descontrolada, a motocicleta deslizou pelo calçamento de paralelepípedos.

Antonio passou sem parar pela moto virada, o rapaz com a jaqueta de couro ainda tentando se livrar do corpo metálico, e abraçou o filho. Colocou a palma de encontro ao peito coberto de sangue para descobri-lo em silêncio. Num choro calado, levantou-se e voltou pelo caminho de onde viera, abaixou-se para pegar o revólver caído um pouco à frente da motocicleta. Ergueu a arma com um sentimento de nojo e a prendeu entre os dedos, deixando o cano se mover pela rua em busca do alvo.

Ali perto, Zulu conseguiu libertar-se das rodas e, mancando, tentou colocar o veículo em pé. Mas seus olhos encontraram Antonio, viram o revólver em sua mão, e, atravessado por súbito pânico, claudicou até a ramagem fechada de um lote vago, um pouco adiante do lugar onde a moto permanecia tombada e inútil. A coronha na mão enrugada, Antonio o acompanhou através do lote, escutando ao longe a respiração pesada e o barulho das hastes da grama alta que estalavam sob a peso dos pés apressados.

O lote atravessava o quarteirão e, logo em seguida, os dois homens se encontraram numa outra rua, mais vazia que a anterior. Assim, prosseguiu na nova rua a estranha perseguição: o moço com passos hesitantes, crescente a dor na perna ferida pela moto no instante da queda, olhando em torno à procura de um abrigo que nunca surgia, e atrás um vulto frágil, mas andando rapidamente e levando em punho a arma do assassino de seu único filho.

A todo instante, o homem da moto avaliava as casas no entorno, pensando se conseguiria saltar os muros baixos, mas a perna machucada lhe dizia ser impossível ter sucesso na tentativa. Continuou em frente, apesar da perna manca, esperando descobrir algum jeito de escapar.

Pela primeira vez desde a chegada a Belo Horizonte, Antonio esvaziara a mente de todas as reflexões, como se a morte de Estevão também levasse consigo todo o turbilhão de pensamentos. Restara apenas o impulso de seguir no rastro do homem que apagara, por motivos que ele não compreendia, a vida de seu filho Estevão. Porém, mesmo que pudesse entender as razões, elas pouco lhe importavam. Não existiam motivos capazes de explicar a morte. Nem de justificar os assassinos.

Um extenso e alto muro vedava por completo um dos lados da rua. No outro, o terreno quebrava-se num salto desconhecido para a escuridão da noite. Tenso, Zulu ainda ansiava uma nova esquina ou um cruzamento que lhe desse a chance de fugir ou enfrentar o homem que o perseguia incansável. Entretanto, a rua logo terminou. A ravina que os acompanhara algum tempo agora interrompia também o meio da rua. O homem seguiu pela borda e parou quando não foi mais possível continuar. Ouviu lá embaixo o burburinho do córrego, o cheiro azedo preenchendo o fundo das narinas.

Em outra situação, ele se arriscaria a descer penhasco abaixo, mas com a perna machucada, o ato equivaleria a um suicídio. Por isso, virou-se lentamente para encarar Antonio. Resolveu ameaçá-lo, disse que ele não sabia mexer com aquela arma, seria melhor entregar-lhe o revólver e ir embora em segurança, senão corria o risco de receber o mesmo destino do filho.

Mas, ao ouvir a última frase, Antonio estendeu o braço armado, relembrou os tempos em que tangia manadas de gado nas cercanias de Curva do Alto. Naquela época já não gostava de armas, embora uma espingarda fosse útil para espantar onças e lobos ávidos da carne das reses. Um revólver não se assemelhava a uma tosca espingarda, mas agora a conduzir seus dedos existia a imagem daquele motoqueiro alvejando Estevão e do inquebrável silêncio que se seguira ao tiro.

Antonio então disparou e a bala refletiu-se no chão, bem perto dos pés do rapaz, que, enfim, sentiu realmente o medo invadi-lo. Amansando o tom de voz, ele começou a pedir clemência, disse não ter culpa pelo que acontecera, e aos poucos já não era nem capaz de articular com nexo as frases que pronunciava.

Antonio apontou novamente o revólver, o cano traçando uma linha imaginária entre seus olhos e a jaqueta de couro que encobria o peito do moço como se fosse uma extensão da noite. Então, ele puxou o cão da arma e, dando um grito inesperado e violento, que fez janelas distantes se abrirem assustadas no início da rua, lançou o revólver para o alto. A arma subiu feito uma pipa de sombras, descreveu um longo arco antes de afundar no vácuo que antecedia o córrego.

Antonio refez o trajeto que o levaria ao corpo de Estevão. Não se voltou nenhuma vez, indiferente às reações do homem, que ainda esperava, trêmulo, olhos fechados, o impacto de um tiro que não o atravessaria. Ao menos naquela noite.

Na outra rua, Antonio abraçou o filho. Alheio à aglomeração de pessoas que criava círculos à sua volta, não deixou o corpo até o momento em que a viatura policial estacionou ao lado. Um guarda o acomodou no banco da radiopatrulha e o levaram à delegacia, enquanto um rabecão recolhia o cadáver de Estevão. Ainda caída no chão, a motocicleta deixava escorrer uma linha de óleo, feito um rastro de sangue, que se alargava pelo meio-fio e sumia entre as frestas de um bueiro.

CLASSIS II. PAPILIONUM DIURNORUM

A. J. Rösel fecit et exc.

III

Imago

É estranho descobrir e
acreditar que somos amados
quando sabemos que não
há nada em nós para ser
amado, exceto para um pai,
uma mãe ou um Deus.

Graham Greene,
Fim de caso

22

Tratores comiam a terra, amassavam o barro, lapidavam as construções, enxame de metal espalhado pelo canteiro de obras. Escavadeiras levantavam porções dos restos das casas. Sozinhos ou em grupo, operários trabalhavam, martelavam, desfaziam. No futuro, quando a planície lisa se estendesse onde se assentava parte do bairro, eles edificariam a estrutura das avenidas e viadutos. Por enquanto, nada construíam. O movimento insano servia somente à destruição. Apagavam um pedaço da cidade.

Antonio o conhecera já desvalido, as casas vazias e prontas para serem derrubadas, os bares e o comércio se fechando para sempre. Mas, ainda assim, ele sabia o significado de qualquer espaço onde se vive e se constroem as emoções de uma existência. Os sentimentos, bons ou ruins, infiltram-se nos tijolos e na pintura das paredes e ali permanecem, evocando as lembranças de tristezas e alegrias, o significado final de toda experiência humana. Por isso, pouco importava se famílias, se boêmios ou beatas transitaram naquelas ruas e habitaram aquelas casas, e sim o fato de que ali pessoas deixaram os rastros de sua vida.

Então, ele saltou a cerca, os letreiros da empreiteira, e caminhou em meio aos *bulldozers*. Mais uma vez, não sabia a razão de seus atos. Somente cumpria uma vontade oculta desde o primeiro momento diante das obras. Queria ser aplainado junto às casas derrubadas. Vagueou sob as pás das escavadeiras, atropelando os montes de escombros. Cruzou o caminho das esteiras dos tratores, iludiu-se outra vez com seu movimento aparente. Enquanto caminhava, sentia o giro das lagartas, as largas esteiras que enlaçam as rodas dos tratores, ocupar-lhe por completo a mente cansada. Outra espécie de lagarta, que também rodeava sua vida naquela cidade.

Os trabalhadores demoraram a perceber sua presença. Quando o notaram, a pá de uma escavadeira já o rondava como um animal faminto, os faróis apagados sobressaindo como dois olhos acima da tela do radiador. O operador da máquina suspendeu a descida do apêndice no último instante, a base da pá um pouco acima de cabeça de Antonio, o chapéu forjando um frágil capacete.

Homens correram e o conduziram ao barracão. O engenheiro responsável o interrogou, reclamou de sua presença naquele lugar, chamou a polícia e pediu que o levassem para um hospital ou uma prisão, mas que o tirassem de dentro do canteiro de obras. Os guardas o conduziram até a pensão e o entregaram aos cuidados de Madalena.

Antonio percebeu que Francisco se envergonhara quando a radiopatrulha chegou diante da pensão para que ele descesse sob a escolta de um policial. Por um segundo, Antonio pensou redescobrir nova razão para continuar em Belo Horizonte, agora seria a vez de resgatar o menino, impedir que trilhasse o caminho de Estevão. Mas ele não tinha mais dinheiro para ficar na capital. E, ademais, se perguntava qual proteção seria capaz de oferecer. Tentara dar segurança ao filho e o perdera. Talvez fosse preferível deixar o mundo seguir seu curso, em vez de querer sempre intervir, atribuindo-se a autoridade e o inexistente poder de alterá-lo para melhor.

— Quem sou eu pra consertar o mundo? — perguntava-se enquanto Madalena conversava com os policiais.

A mulher o recebeu com atenção e, junto com o garoto, ajudaram-no a subir as escadas e a se deitar no quarto. Quando a mulher puxou a porta, ele pediu que a janela continuasse aberta. De alguma forma, a paisagem sem graça, emoldurada pela guarnição descascada, conseguia apaziguá-lo. Como se a imagem da cidade pudesse negar a si mesma, apagar a própria existência, numa espécie de retrato em negativo.

Poucos dias depois, Francisco partiu para a casa de conhecidos no bairro da Pompeia. Era a véspera do dia em que os homens da obra ocupariam a casa, preparando-a para a demolição. Não havia mais móveis. A mudança seguira um pouco mais cedo, em duas viagens, na caminhonete de um antigo vizinho de Madalena. Ela convidou Antonio para acompanhá-los, seus amigos não se importariam em abrigá-lo por uma noite, pois, afinal, no outro dia ele pegaria o ônibus de volta para Curva do Alto. No entanto, antes de saírem, Antonio avisou que dormiria mais essa noite na pensão vazia. Não encontrava sentido em ir para a casa de alguém que sequer conhecia, os amigos eram de Madalena e de Francisco e ele não queria incomodá-los. Em vão, os dois insistiram para que ele os acompanhasse. Por fim, Madalena resolveu:

— Se é assim, eu também fico.

— Onde a senhora vai dormir, mãe? — questionou Francisco, surpreendido pela resolução.

— Num cobertor, igual ao Seu Antonio.

Ela olhou para os restos de avisos e de calendários na tinta descascada, pregos com ferrugem sustentando a lembrança de retratos que não mais se afixavam nas paredes.

— É a última noite da minha pensão. Eu vou ficar com ela.

O garoto deu de ombros e desistiu de argumentar. Lembrou a Antonio que, na manhã seguinte, voltaria para levá-lo à rodoviária.

— Não precisa.

— Mas eu quero, Seu Antonio. Pode?

Antonio e Madalena sentaram-se no degrau diante da entrada.

— O que vai fazer em Curva do Alto, Seu Antonio?

Ele olhou as mãos cruzadas. Pensou na resposta.

— O que sempre fiz.

— Tem amigos lá?

— Acho que sim.

— Eles devem estar sentindo sua falta. Há tempos veio ficar com a gente.

— Pode ser.

— Quem são seus amigos?

As formas de Curva do Alto delinearam-se lentamente diante de Antonio. Ruas e casas recuperaram os traços, pessoas surgiram nas ruas, sentaram-se na praça e nos bancos da igreja. Rostos familiares se reconstruíram devagar e uma sensação agradável preencheu seu coração. Ele descreveu as pessoas à medida que as reconstituía na memória. Sentimentos de amizade e afeto, compartilhados ao longo de décadas, voltaram a refazer-se. Enquanto falava, Madalena acolheu sua mão entre as dela e as acariciou suavemente.

— Não quer ficar? Pode morar na nova pensão que vou abrir em algum lugar.

— Obrigado, mas acho que não quero. Não posso viver no que não compreendo.

Terminaram a conversa e percorreram os outros cômodos da pensão. Andaram pela casa sem rumo, cada um por um lado. Foram ao quintal e examinaram as plantas que logo deixariam de existir. Caminharam até o final do terreno, pararam ao mesmo tempo diante do alambrado, as plantas empoeiradas já sem o verde que as iluminava quando Antonio estivera ali pela primeira vez. Mas por toda parte dentro do cercado, ainda resistiam aqueles retalhos de tinta adejando por entre as pétalas encardidas, pousando entre os pistilos para estender suas longas antenas em meio às constelações de pólen. E mais uma vez, por um momento, talvez tão fugidio quanto a vida, o casal se imobilizou encantado, desfazendo-se dos pensamentos para flutuar entre as escamas irisadas, como passageiros naqueles voos curtos, mas que pareciam trazer em seu movimento um lampejo da eternidade.

E então, depois de um tempo que pode ter sido longo, ou que talvez tenha apenas excedido um rápido minuto, Antonio se moveu. Sem nada dizer a Madalena, como se no silêncio e na contemplação das borboletas tivessem trocado frases mudas e discutido os próximos gestos, ele segurou a ponta da tramela que prendia a porta de ripas. O pequeno retângulo de madeira girou em torno do prego enferrujado, a porta deslizou lentamente e parou em seguida, agarrada em alguma lasca em seu encaixe. Antonio segurou na ombreira com uma das mãos e com a outra puxou o alambrado, fazendo a porta se soltar.

Ele entrou no recinto e caminhou em meio aos ramos, deixando as borboletas o circundarem como flocos de geada que descessem à sua volta no meio da madrugada. Olhou consternado os casulos junto aos galhos, perguntando em voz alta se haveria tempo para que eles germinassem, ou se antes disso chegariam as dinamites, malhos e picaretas, e depois delas os enormes tratores arrastando sob seu corpo de metal outra espécie de lagartas, não vivas, porém, muito mais mortíferas.

Encostando a mão no alambrado, chamou Madalena, que observava quieta do lado de fora do cercado. Assim que ela entrou, Antonio segurou sua mão e, juntos, passearam naquele lugar que, também por um momento, parecia parte de um mundo longínquo, sem nenhuma relação com os quarteirões desfeitos, as máquinas famintas, os estouros das implosões. Quando pararam junto a um grande arbusto, uma das borboletas pousou em suas mãos unidas, e eles se imobilizaram para não espantá-la.

As mãos se separaram e o inseto alçou voo e se fundiu à nuvem que se espalhava pelo cercado, como se uma eletricidade invisível a despertasse, erguendo do chão e das folhas o corpo fluido de todas as borboletas. Talvez o passeio imprevisto e inédito do casal por seu viveiro lhes dissesse que aquele era o instante de voar. E novamente sem nada dizer, Antonio saiu do cercado e apanhou num canto do quintal um martelo e um formão. Pediu com um gesto que Madalena saísse do viveiro e então, pacientemente, começou a demoli-lo, tomando cuidado para que suas partes não tombassem sobre as borboletas ou destruíssem as flores e galhos que ninavam o sono das pupas e lagartas. Madalena o ajudou, e em pouco tempo, o cercado se desfez.

Terminado o trabalho, eles se assentaram no entorno de um canteiro. E daquele lugar viram quando, lentamente, as borboletas foram se espalhando. Tantas como nenhum dos dois nunca vira juntas. Umas adernaram rumo às plantas do quintal, outras continuaram voejando em torno do espaço que fora seu viveiro. E após alguns minutos, uma névoa de cores foi se espalhando pela vizinhança. Fachos alados sobrevoaram as casas, deslizaram pelas ruas vazias, dançaram em meio à fumaça e poeira dos tratores. As escamas brilharam sob o sol, espelhando raios lilases e azuis, colorindo por um átimo o espaço de um bairro que agonizava.

Quando poucas restaram voluteando pelo quintal, Antonio e Madalena se levantaram e se dirigiram de novo à sala vazia. Ouviram as sirenes distantes, aqueles lobos artificiais uivando para uma lua em eclipse, avisando da chegada das explosões. Implodiriam mais um dos prédios decrépitos que entulhavam o espaço da nova cidade. Soou uma segunda sirene. Madalena anteviu a derrubada das paredes entre as quais agora eles dois se protegiam. Por sua vez, Antonio tornou a lembrar-se de Estevão, as recordações se recusando a partir. O casal ficou imóvel. Aguardou, em silêncio, a chegada da próxima explosão.

Madalena avançou para Antonio e o abraçou. Apertou-se ao corpo frágil como se nele encontrasse uma gruta onde ocultar-se do estrondo que se seguiria à advertência das sirenes. Ergueu a boca para buscar a de Antonio e a absorveu. Ele relutou, mas quando escutou um terceiro uivo, lacerando o silêncio do entardecer, deixou-se conduzir pela mulher, inábil para identificar a própria vontade. A vibração do estrondo percorreu o corpo de ambos, e quando tremeram em uníssono, não sabiam mais se apenas espelhavam a vibração das vidraças nas janelas.

23

O barulho dos ônibus subia as escadas, diluía-se no pavimento superior onde os passageiros, sentados nas cadeiras em fila, esperavam o horário da partida. Antonio e Francisco acompanhavam o intenso trânsito das gentes pelas bilheterias. Olhavam tudo em silêncio, não tinham mais o que conversar. Alguns dias antes, Francisco afirmara ansioso que não delatara aos assassinos os passos de Estevão. Se eles tinham descoberto onde ele se encontraria com Antonio, fora graças a Zulu, ou a algum outro informante. Antonio ouvira tudo indiferente. Tratava-se apenas de uma camada a mais entre as muitas que não conseguira penetrar desde a chegada a Belo Horizonte.

Ele nem chegara a duvidar de Francisco, o garoto se incumbira de levantar a suspeita contra si mesmo. Mas, mesmo assim, ele não alterara o sentimento de carinho que o adolescente lhe despertava. Sob o véu da melancolia, flagrava-se às vezes pensando que Francisco não tivera um pai e que ele agora estava carente de um filho. Lembrava-se de uma tarde na pensão, ele e o garoto correndo pela rua e puxando a pipa colorida. Naquele dia, o vento arrancara o papagaio de papel e o levara rumo ao canteiro de obras. Antonio chegara algumas vezes a examinar as crateras que os tratores construíam, esperando encontrar a pipa vermelha em meio à terra revolvida.

— Quer vir comigo pra minha casa? — perguntou de repente. — Quem sabe sua mãe vem também? Ela ficou de pensar.

Francisco rodava um boné entre os dedos. Sorriu como se pensasse algo engraçado. Balançou a cabeça, ficou de novo sério, e perguntou:

— Para aquele lugar de velhos?

Sim, um lugar de velhos, Antonio pensou. E talvez fosse isso mesmo. Depois de meses vivendo em Belo Horizonte, não podia espantar a sensação de que retornava a um mundo do passado, que não sobreviveria muito tempo. Olhou em volta, localizou um dos relógios nos extremos da estação. Cobriu a cabeça com o chapéu, os cabelos levemente em desalinho, e estendeu a mão para o garoto.

— Eu levo a mala até lá embaixo — ofereceu Francisco.

— Não precisa. Eu mesmo levo.

Antonio retirou do bolso um pedaço de papel e entregou ao rapaz.

— Meu endereço. Se algum dia você mudar de ideia.

Francisco apanhou o papel e o guardou no bolso da camisa depois de o olhar por alguns segundos. Seu rosto não revelou nenhuma emoção e ele apenas moveu afirmativamente a cabeça uma única vez, indefinido se num gesto de concordância ou de gratidão.

Despediram-se e Antonio caminhou em direção a uma das escadas que, espaçadamente, entravam chão adentro para dar acesso às plataformas. No primeiro degrau, voltou-se para o garoto e acenou. Francisco respondeu e ficou algum tempo quieto, guardando na memória o vulto de Antonio e seu chapéu, o paletó fora de moda, a pequena maleta, reconstruindo a mesma imagem de quando ele chegara à pensão, muitos meses atrás.

Francisco ouviu o som dos motores dos ônibus, a voz no alto-falante anunciando "faltam cinco minutos para a próxima partida; senhores passageiros, ocupem os seus lugares", colocou o boné sobre a cabeça e deixou a rodoviária. Ainda no centro da cidade, o carro parou ao seu lado num semáforo, o motorista abriu a porta do passageiro e fez sinal para que entrasse.

— Tá bom, cara? Cê tá sumido. Quer carona?

— Quero.

— Podemos dar uma volta e conversar?

— Numa boa.

O motorista, pouco mais velho que Francisco, mascava um chiclete. O carro fez uma manobra e entrou na Afonso Pena. Francisco observou o obelisco no centro da praça e se perguntou que utilidade tinham coisas como aquela. Depois reconsiderou, elas ajudavam a lhe dar uma identidade da cidade em que nascera. Tanto quanto a garrafa de refrigerante em cima do Cine Brasil na mesma praça, derramando um líquido de luzes num copo gigante para todo o sempre. Não serviam para nada, ele nem gostava dessas bebidas, nem de ver filmes, mas aquelas imagens lhe davam uma sensação de pertencimento.

— Cara, vai ter um negócio legal. Você não topa?

— Que negócio?

— Não sei, é um cara aí que está me pondo na jogada.

— É perigoso?

— Se não for, qual a graça? Se topar, ponho você no esquema. Vai dar uma grana.

Francisco pegou um maço de cigarros no painel. Acendeu um deles e soprou a fumaça pela janela. Penetraram no trânsito intenso das estradas no entorno da cidade, os carros se esgueirando num emaranhado de ônibus e caminhões. Francisco retirou do bolso da camisa o papel que Antonio lhe estendera, pareceu estudá-lo por algum tempo e, então, o amassou. Estendeu a mão para fora da janela, sentiu o vento tremer as pontas salientes da folha embolada, mas não abriu os dedos que as prendiam. Retornou com o papel convertido numa massa disforme, mas ainda legível, e o colocou de volta no bolso.

— E então? — perguntou seu companheiro.

Francisco jogou a guimba do cigarro pela janela e suspirou.

— Estou dentro.

Mais adiante, foram ultrapassados por uma radiopatrulha, a sirene lançando fagulhas de luzes vermelhas. Braços erguidos nas janelas deixavam entrever os canos dos revólveres. Esperaram a viatura se afastar e estacionaram num posto de gasolina. O chofer desceu para conversar com o frentista e Francisco aproveitou para esticar as pernas. Andou até as margens da rodovia e escutou o colega chamando para que retornasse ao carro. No final da fila de veículos que passava lentamente pela estrada engarrafada, viu o ônibus no qual Antonio embarcara. Decerto viera parando de ponto em ponto e, em algum lugar, eles o tinham ultrapassado. Tentou enxergar o conhecido numa das janelas, mas não conseguiu, e voltou ao carro com a inexplicável impressão de que perdia algo talvez irrecuperável. O companheiro o olhou intrigado:

— Que aconteceu, cara?

— Nada. Vamos embora.

O frentista encaixou a mangueira na bomba de gasolina. E ficou algum tempo observando o carro seguir pela rodovia, tentando correr mais do que o congestionamento permitia, cortando os veículos que transitavam nas pistas vizinhas, e se misturar ao tráfego pesado, até desaparecer como se fosse uma ilusão, como se nunca tivesse existido.

24

Quando a velocidade do ônibus diminuiu, no engarrafamento perto de um semáforo, uma borboleta quase tocou o vidro e o reflexo de Antonio, que se colava à janela, imóvel, a mente despida de pensamentos. Por um segundo, ela pareceu pousar na superfície escorregadia da janela, as asas coloridas tremendo com o sopro do vento. Quando o ônibus arrancou, a borboleta foi levada em direção ao mundo que ficava para trás.

Antonio recostou a cabeça no encosto da cadeira. Ficou imaginando as pessoas que reveria em Curva do Alto. Depois se lembrou dos tratores, ruas escavadas, casas em escombros, e lagartas de metal se movendo em torno das rodas enquanto as máquinas avançavam com pás afiadas.

Ele não prestava mais atenção nas coisas que passavam pela janela. Mas uma cena atraiu seus olhos, pouco antes de se afastarem da metrópole e penetrarem na linha interminável das rodovias. Ele viu numa esquina o hidrante rompido, a água em jorro, desenhando o véu de uma fonte improvisada. Ali debaixo, dois garotos maltrapilhos riam e brincavam como se não houvesse mais nada ao redor, como se não existisse o dinheiro, a fome, a miséria, o tempo, a morte, ou como se a vida pudesse ser apenas o ato de correr e gritar e pular e dançar e se molhar sob o manto de água que deslizava num movimento sem fim. Como o voo das borboletas. Como as lagartas dos tratores a girar, a girar, a girar.

*Ilustrações: "*De natuurlyke historie der insecten*", August Johann Rösel von Rosenhof e Christian Friedrich Carl Kleemann, 1764-68